Hermann Heinrich Ploss

Über die Lage und Stellung der Frau während der Geburt bei verschiedenen Völkern

Antigonos

Hermann Heinrich Ploss

Über die Lage und Stellung der Frau während der Geburt bei verschiedenen Völkern

Unveränderter Nachdruck der Originalausgabe von 1872.

1. Auflage 2024 | ISBN: 978-3-38634-862-1

Antigonos Verlag ist ein Imprint der Outlook Verlagsgesellschaft mbH.

Verlag: Outlook Verlag GmbH, Zeilweg 44, 60439 Frankfurt, Deutschland, info@outlook-verlag.de
Vertretungsberechtigt: E. Roepke, Zeilweg 44, 60439 Frankfurt, Deutschland
Druck: Libri Plureos GmbH, Friedensallee 273, 22763 Hamburg, Deutschland

ÜBER DIE

LAGE UND STELLUNG DER FRAU

WÄHREND DER GEBURT

BEI VERSCHIEDENEN VÖLKERN.

EINE ANTHROPOLOGISCHE STUDIE

VON

DR. **H. H. PLOSS,**

IN LEIPZIG.

MIT SECHS HOLZSCHNITTEN.

LEIPZIG.

VERLAG VON VEIT & COMP.

1872.

Seinem hochverehrten Lehrer

Herrn

JUSTUS RADIUS,

der Medicin und Chirurgie Doctor, ordentlichem Professor der Hygieine und Materia medica an der Universität Leipzig, Geheimem Medicinal-Rathe, Ritter des königl. sächs. Civil-Verdienst-Ordens, Mitgliede mehrer gelehrten Gesellschaften

bringt

am Tage der von ihm vor 50 Jahren erlangten medicinischen und chirurgischen

DOCTORWÜRDE

die innigsten und ehrerbietigsten Glückwünsche

dar

Dr. H. H. Ploss
zu Leipzig.

Leipzig am 2. April 1872.

Widmung.

„Marksteine des Lebens" wurden schon oft die Jubel-
tage genannt, die nach länger durchwanderter Bahn gleichsam zu einem Rückblick auf die mannichfachen Erlebnisse
und auf die Erfolge des bisherigen Wirkens und Strebens
auffordern. Ein gütiges Schicksal hat es Ihnen, hochgeehrter
Jubilar, vergönnt, heute einen solchen „Markstein" zu er-
reichen und auf ein halbes Säculum des ärztlichen Wirkens
und der wissenschaftlichen Thätigkeit zurückzuschauen.

Glücklich sei nun aber vor Allen Derjenige gepriesen,
der, wie Sie am heutigen Festtage, beim Rückblicke auf
die Vergangenheit zahlreiche Schüler hinter sich stehen sieht,
welche eben so sehr erfüllt sind vom Gefühle der Dank-
barkeit gegen ihren hochgeschätzten Lehrer, wie von Freude
über dessen geistige und körperliche Rüstigkeit.

Es ist eine schöne Sitte der deutschen Gelehrten, diesen
Gefühlen Ausdruck zu geben durch Darbringen einer lite-
rarischen Festgabe. Wenn auch ich jetzt wage, in Ihre
Hände eine solche Gabe zu legen, so bitte ich, die kleine
Arbeit als ein Zeichen des aufrichtigen Dankes und der
Verehrung eines Ihrer vielen Schüler anzunehmen.

Mich bewog jedoch nicht blos die dankbare Gesinnung gegen den verdienten Lehrer zur Darreichung meiner bescheidenen Festgabe. Vielmehr möchte ich auch, dass dieselbe als Beweis der Anerkennung hingenommen werde für die collegialische Liebenswürdigkeit, mit welcher Sie stets in ärztlichen Angelegenheiten mir selbst entgegen kamen. So gaben Sie mir und meinen Freunden sowohl im wissenschaftlichen Streben, wie auch in collegialischer Behandlung der Standes-Interessen ein schönes, uns Allen vorleuchtendes Beispiel.

Mögen Sie noch lange in diesem Geiste und Sinne unter uns wirksam sein.

Dr. **H. H. Ploss.**

Ueber die Lage und Stellung der Frau während der Geburt bei verschiedenen Völkern.

Schon mehrfach hat man die Frage aufgeworfen: wie und in welcher Stellung gebären die Frauen im Naturzustande? und welche Stellung nimmt jede Frau bei der Geburt unwillkührlich und gleichsam ,instinctmässig ein, wenn sie sich nicht durch Gewohnheit, Brauch oder Vorschrift leiten lässt? Schon White, Nägele, Rigby und Andere suchten auf mannichfache Weise über die am natürlichsten zu wählende Lage der Gebärenden in's Klare zu kommen [1]. Zuerst von allen englischen Geburtshelfern sagte Rigby, dass eine sich selbst überlassene Frau allein und auf freiem Felde von der Geburt überrascht, erst einige Zeit umhergehen, dann bald sich niedersetzen, bald aber wieder aufstehen und umhergehen und damit so lange fortfahren wird, bis sie zu ihrer eigenen Erleichterung und zur Sicherheit ihres Kindes es nöthig finden würde, sich wieder niederzulegen; so werde die Geburt vor sich gehen und erst nach Vollendung derselben werde sie sich aufsetzen und das Kind anlegen. — Ich erinnere daran, dass Nägele das Experiment mit einer kreisenden Frau machte, welche er sich selbst überliess und beobachtete. Während der ersten Hälfte der Geburt nahm sie unter den Wehen die verschiedensten Stellungen ein; als sie matter wurde, setzte sie sich bald auf einen Stuhl, bald auf das Sopha; gegen Ende der Geburt legte sie sich zuerst auf das Sopha, dann auf das Bett; sie legte sich hier bald auf die eine, bald auf die andere Seite, bald auf den Rücken; als aber der Durchtritt des Kopfes begann, nahm sie die linke Seitenlage an und verharrte in dieser. — Ein anderes Experiment stellte Hohl [2] in seinem Entbindungsinstitute an, um zu sehen, wie schwer und wie leicht es den Frauen wird, im Stehen zu gebären. Mit vielen guten Worten fand er Kreisende, die sich dazu verstanden, während der Wehen zu stehen; trotz des Versprechens gelang es jedoch Keiner, während einer nur

---

[1] *Ch. White*, Treatise on the management of pregnant and lying-in women, London 1773, Deutsch Leipzig 1775. pag. 80. — *Rigby* in Med. Times and Gaz. 1857. Oct. 3.

[2] *A. F. Hohl*, Lehrb. der Geburtsh. 2. Aufl. Leipzig 1862. pag. 444.

einigermassen starken Treibwehe gerade stehen zu bleiben. Nur eine einzige Person, welcher ein Preis versprochen worden war, zwang sich sichtbar, ihn zu erhalten, und erhielt ihn mit grosser Ueberwindung; alle späteren Versuche missglückten. Wir werden im Verlaufe unserer Darstellung sehen, dass die von Hohl aus diesem Experiment gezogenen Schlüsse deshalb nicht richtig sind, weil in der That bei einigen Völkern die Frauen ganz regelmässig, und ohne dass ihnen ein Preis versprochen wurde, in aufrechter Stellung gebären. —

Dies waren die ersten Zeichen, dass man nach längerer Zeit wieder auf dem Wege der Naturbeobachtung oder des Experiments zu einer richtigen Beantwortung der oben aufgeworfenen Fragen zu gelangen suchte. Zuvor waren wohl viele Schriften über sie veröffentlicht, doch kaum eine derselben in völlig vorurtheilsfreiem Sinne geschrieben worden.

Eine ziemlich umfängliche Literatur beschäftigte sich im vorigen und in unserem Jahrhundert mit der Angelegenheit, in welche Haltung, Stellung oder Lagerung man die Frauen bei der Geburt bringen müsse. Wir verweisen Diejenigen, die sich mit der Geschichte dieses wichtigen Abschnittes der Geburtshülfe genauer beschäftigen wollen, auf das Studium der zahlreichen Streitschriften[1]). Mich interessirt in Folgendem die bisher noch nicht erörterte, von Einigen nur flüchtig berührte Frage: ob Frauen der Urvölker vorzugsweise liegend, sitzend, knieend, kauernd oder hockend, oder in welcher anderen Stellung und Haltung gebären? Erst in neuer Zeit wurde diese Frage wieder von einem Laien[2]) aufgeworfen, ohne

---

[1]) Das Historische der Frage findet man, abgesehen von zahlreichen (an den betr. Stellen citirten) Journal-Aufsätzen in folgenden Dissertationen und Monographien: *Hornung, Joh. Imm.*, Diss. de parturientium situ. Argentor. 1733. — *Günz, J. Gdfr.*, Comm med.-chir. de commodo parturientium situ. Lips. 1742. — *Pyl, Th.*, resp. *Chr. Stph. Scheffel*, Diss. s. praestantiam situs parturient. in lecto prae reliquis alias consuetis. Gryph. 1742. — *Trilleri, Dan. Wilh.*, Clinotechnia med. antiquaria. Francof. et Lips. 1774. — *Gehler, J. C.*, De parturientis situ ad part. apto. Lips. 1789. — *Siebold, G. Chr.*, Comm. de cubilibus sedilibusque usui obstetricio inservientibus. Gotting. 1790. — *Nissen*, Beschreib. eines sehr bequemen, einfachen und wohlfeilen Entbindungslagers. Hamburg 1801. — *Schmidtmüller, J. A.*, Einiges über die Zweckmässigkeit und Zweckwidrigkeit der gewöhnlichsten Lagen und Haltungen der Kreisenden. In der Lucina Bd. II. Leipz. 1805. p. 8. Nachtrag Bd. II. p. 232. — *Unger, J.*, Krit. Untersuchungen über die bisher gewöhnlichen Haltungen und Lagen zur natürlichen Geburt etc. Hadamar. 1805. — *Wigand*, Ueber Geburtsstühle und Geburtslager. Hamburg 1806. — *Grau, G.*, Diss. i. exp. cubilium sediliumque usui obstetr. inservient. recentissimam conditionem ac statum. Marb. 1811. — *Riecke, L. S.*, resp. *Nath. Paulus*, Diss. de situ parturientis ad partum, imprimis de sella obstetr. Tubing. 1832. — *Josephi, J. W.*, Ueber die Haltung und Lagerung der Kreisenden etc. Rostock 1842. — *Hammer*, Verhandlungen d. Gesellsch. f. Geburtsh. in Berlin. Jahrg. I. 1846. p. 41. — *Jonas*, daselbst Jahrg. IV. p. 9.

[2]) *H. v. Ludwig*, Warum lässt man die Frauen in der Rückenlage gebären? 2. Aufl. Breslau 1870. Verf. empfiehlt für den Gebäract die knieend-kauernde Stellung und zwar aus rein theoretischen Gründen, behauptet jedoch, dass die Frauen der wilden, im Naturzustande lebenden Völker instinctiv diese Stellung einnehmen. Die von mir angeführten Thatsachen widerlegen diese Behauptung. In Betreff seiner theoretischen Deductionen geht er von dem richtigen Grundsatze aus, dass die Lage

dass man ihm in unserer Literatur die Nachweise zu ihrer genügenden Beantwortung schaffen konnte. Ich werde zeigen, dass alle.jene Lagen und Stellungen nicht blos bei Urvölkern, sondern auch bei solchen Völkern vorkommen, die sich einer schon fortgeschritteneren Geburtshülfe erfreuen.

Es wäre ohne Zweifel von hohem Interesse, wenn wir bei einer vergleichenden Durchsicht zuverlässiger Reise-Berichte als Thatsache feststellen könnten, dass bei sämmtlichen Urvölkern übereinstimmend die gebärenden Frauen eine und dieselbe Lage oder Stellung einnehmen. Man würde dann vielleicht sagen können: Der Instinct der Urvölker zwingt sie zur Wahl dieser oder jener Stellung als der wahrhaft „natürlichsten".

Allein dies ist durchaus nicht der Fall. Soweit unsere Kenntnisse reichen, und wie ich aus meinen bisherigen Untersuchungen schliessen darf, ist das Liegen der Gebärenden bei rohen Völkern zwar am häufigsten; doch kommen unter ihnen auch noch manche andere Stellungen so häufig vor, und es ist eine Uebereinstimmung unter den noch uncultivirten Völkerschaften der Urracen so wenig vor-

---

der Kreisenden den Grundregeln der Mechanik nicht zuwider sein dürfe. Allein über die Mechanik der Geburt hat er sich selbst nicht richtig instruirt. Er will, dass der Körper des Kindes den Gesetzen der Schwerkraft gemäss in einer solchen Richtung fortbewegt werde, dass die Wirkung der Schwerkraft mit der Wirkung der Wehen nicht zusammenfällt, wie dies besonders beim Gebären im Stehen der Fall ist. Die Geburten in dieser Stellung verlaufen deshalb meist übereilt und sind gefährlich. Demnach müsse man die Wirkung der Schwerkraft mässigen; dies werde durch jede Abweichung des Oberkörpers von der aufrechten Stellung erreicht, namentlich müsse sich die Neigung des Oberkörpers der wagerechten nähern. Das zweite Desiderat des Verf.'s an eine zweckmässige Geburtslage besteht darin, dass die Bahn, auf welcher der Kindeskörper fortgleitet und auf die er hierbei vermöge seiner Schwerkraft drückt, möglichst widerstandsfähig, eben und für den Zweck der Bewegung angemessen geneigt sei. Die Rückenlage lasse diese Bedingungen unerfüllt. Dagegen falle bei der knieend-kauernden Stellung jeder unnöthige Druck auf das schmerzhafte Kreuz- und Steissbein hinweg, vielmehr falle die Last, so lange der Kopf noch im kleinen Becken ist, schon bei mässiger Vorbeugung auf das durch seine glatte Oberfläche, Widerstandsfähigkeit, geringe Breite und Neigung als Basis mehr taugliche Schambein, um welches herum der Kopf ohne übermässige Reibung und Schmerzvermehrung für die Mutter sich kreisförmig herausbewege, während gleichzeitig die Frau, da sie feste Stützpunkte für Hände und Füsse hat, die grösste Kraft entwickeln kann. Die Weichtheile des Beckenbodens würden dabei möglichst geschont, das Kind komme allmälig und ungefährdet flach zwischen die Schenkel der Mutter zu liegen, der Geburtsact endlich könne beliebig beschleunigt oder verlangsamt werden, je nachdem man den Oberkörper mehr aufrecht hält oder stärker vorbeugen lässt. — Diese theoretischen Voraussetzungen des H. v. Ludwig haben sich jedoch in keiner Weise bewährt. Zwar hatten Hecker in München u. A. in gewissen Fällen Nutzen von der Knie-Ellenbogenlage gefunden, allein abgesehen davon, dass B. S. Schultze in Jena, Schatz in Leipzig u. Andere, welche sich auf's Genaueste mit dem Geburtsmechanismus, den Hindernissen und Widerständen bei der Geburt beschäftigt haben, in keiner Weise die Anschauung v. Ludwig's gerechtfertigt finden, fielen die praktischen Beobachtungen, welche E. Fränkel in Breslau (Berliner klin. Wochenschr. 1871. No. 28 u. 29) in 13 Geburtsfällen anzustellen Gelegenheit nahm, für die knieend-kauernde Stellung nach Fränkel's Bericht im Allgemeinen höchst ungünstig aus. Minder ungünstig verliefen allerdings die Fr. Alt (das. 1872. No. 3) in der Erlanger Gebäranstalt beobachteten 28 G fälle, indem hier Dammrisse und bes. Schmerzensäusserungen seltener vo

handen, dass wir keineswegs berechtigt sind, von einer den Naturvölkern gemeinschaftlichen Situation oder Haltung beim Gebäracte und
von einer instinctmässig von allen getroffenen Wahl einer besondern
(Geburts-) Stellung oder Lagerung zu sprechen. Denn man findet
vielmehr bei verschiedenen Urvölkern verschiedene Stellungen und
Lagerungen als die bei ihnen gebräuchlichsten. — Es kommen
jedoch hierbei nicht blos die sogenannten „Naturvölker" in Betracht,
sondern immerhin auch Völkerschaften, die sich einer schon etwas
vorgeschritteneren Civilisation erfreuen. Denn wir dürfen annehmen, dass sich auch bei diesen die von Alters her gewohnheits-
gemässen Sitten und Bräuche beim Gebären von der Grossmutter
zur Enkelin forterhalten haben. In dieser Beziehung finden Aende-
rungen und Neuerungen nur schwer und selten unter den Frauen
Zugang.

So viel scheint fest zu stehen, dass bei der Mehrzahl der Völker
eine gleichsam national gewordene Stellung oder Lagerung bei der
Geburt gebräuchlich und heimisch ist. In ethnographischer Hinsicht
ist es gewiss nicht unwichtig, dass sich bei jedem Volke ganz
deutlich die Vorliebe für eine gewisse Lage, Haltung oder Stellung
nachweisen lässt, welche die Frauen seit sehr langer Zeit bei jeder
Entbindung bevorzugen. Bei der Mannichfaltigkeit dieser während
des Gebäracts gebräuchlichen Stellungen könnte man die Völker
sehr leicht je nach denselben classificiren. Ja wir wären im Stande,
eine Karte für die ganze Erde zu entwerfen, auf welcher sich die
geographische Verbreitung des Liegens, Sitzens, Knieens, Hängens,
Stehens u. s. w. verzeichnet findet. Die Praxis hat bei jedem Volke
eine bestimmte Situation für den Gebäract heimisch gemacht, von
welcher man dort glaubt, dass sie die Geburt in ausserordentlicher
Weise erleichtert und beschleunigt, oder dass die Geburt eben nur
in und mit ihr möglich ist.

Allein bei nicht wenigen Völkern wird in den verschiedenen
Geburtsperioden mit den Situationen gewechselt. Die natürlichen
Geberden und freiwilligen Bewegungen der gebärenden Frauen
scheinen von selbst darauf aufmerksam zu machen, dass in der
That die verschiedenen Abschnitte des Gebäractes ein verschiedenes
Verhalten hinsichtlich der Lage und Stellung erfordern. Leider findet
man nicht immer in den Reiseberichten genauer angegeben, ob bei
den Völkern in ganz bestimmten Geburtsperioden gewisse Haltungen
und Stellungen angenommen werden. In der Regel notiren die Reise-
berichte nur diejenige Stellung, welche in der Zeit des Durchtritts
des Kindes gewählt wird.

Und doch sind jener Wechsel und die gewohnheitsgemäss bei
den Völkern eingeführten Lageveränderungen ganz interessant. Die
Hebammen-Praxis lässt in China, wie es scheint, die Gebärende
so zeitig und früh als möglich auf den Stuhl setzen und mitpressen;
denn wenn diese Praxis dort nicht sehr verbreitet wäre, so würden
nicht die chinesischen Aerzte in den von v. Martius und Rehmann
herausgegebenen (aus dem Chinesischen oder Mandschurischen über-
setzten) populär-geburtshülflichen Schriften mit so grossem Eifer

dagegen auftreten. Anstatt die Gebärende so zeitig auf den Stuhl zu bringen, empfiehlt der chinesische Arzt in der Martius'schen Abhandlung[1]) die Rückenlage mit erhöhtem Kreuze und dabei zu ruhen und zu schlafen; wenn es ihr aber nicht möglich sein sollte, zu liegen und zu ruhen, so erlaubt er ihr, sich ganz so zu benehmen, wie es eben eine jede „Kreisende" thut. So beschreibt er denn das Kreisen: „Sie kann sich ein wenig in die Höhe richten und niedersetzen; es steht ihr auch frei in der Stube umherzugehen, oder sie kann sich vor einen Tisch oder Sessel stellen und sich an selbigen festhalten." Erst in einer späteren Geburtsperiode soll sich die Frau legen und dann auf den Stuhl setzen. — Wir sehen also, dass in China sich die Praxis der Hebammen von einem naturgemässen Verfahren hinsichtlich der Haltung und Stellung der Gebärenden abgewendet hatte, und dass die chinesischen Aerzte erst wieder zu einem solchen zurückzukehren rathen.

In ähnlicher Weise glaubte die verständige Hebamme Bourgeois in ihrem im Anfange des 17. Jahrhunderts erschienenen „Hebammenbuche" Cap. IX. dem Bedürfnisse der kreisenden Frau am besten dadurch Rechnung zu tragen, dass sie diese ihrem eigenen Willen und Instincte völlig überliess. Sie beklagt, dass man die Gebärenden so oft nicht recht und bequem lagere; man solle vielmehr die Frau, so lange sie wolle, auf und ab spazieren lassen, dann würde schon die rechte Zeit kommen, wo sie sich legen müsse; bei diesem Auf- und Abgehen mögen die Gebärende zwei starke Personen unter den Armen unterstützen und führen, damit sie, wenn die Schmerzen eintreten, aufrecht erhalten werde; auch könne sich die Frau auf einen niederen Stuhl vor einen Tisch setzen, damit sie sich beim Eintritt der Schmerzen auf die Kniee (mit den Ellbogen?) stemmen, mit dem Oberleib aber auf den mit einem Kissen belegten Tisch lehnen kann; dann aber dürfe sie wiederum auf und ab gehen; manche Frauen jedoch liebten es, sich bald auf das Bett zu legen, und dies findet die Bourgeois, wie sie sagt, besser, als jene Art zu kreisen, da im Liegen gewöhnlich die Geburt nicht so lange dauere. Das Bett aber befiehlt die Bourgeois so zu machen, dass Kopf und Oberkörper hoch liegen.

Wir haben hier ein paar Beispiele vor uns, in welchen es einer etwas vorgeschritteneren Geburtshülfe geboten erschien, zur Natur und ihrer Nachahmung zurückzukehren. Wenn wir nun aber die Situationen überschauen, welche überhaupt beim Gebäract vorkommen, so haben wir es mit folgenden zu thun:

1) L i e g e n in mehr oder weniger horizontaler Stellung, 2) S i t z e n, a) im Bett, b) auf einem Steine, c) auf einem Stuhle, d) auf Kissen, e) auf den Schenkeln einer Person, 3) S t e h e n, 4) Knieen, 5) Hocken oder Kauern, 6) Schweben, 7) Hängen.

---

[1]) Dr. *H. v. Martius*, Abhandl. über d. Geburtshülfe. Aus d. Chines. Freiberg 1820. pag. 36. — Dr. *J. Rehmann*, Zwei chines. Abhandl. über die Geburtshülfe. Aus dem Mandschurischen in's Russische u. aus dem Russischen in's Deutsche übersetzt. St. Petersburg 1810.

Das Liegen.

Jedenfalls ist es die Mehrzahl der Völker, bei welchen die Frauen nach vollbrachtem Kreisen im Liegen niederkommen. Von vielen jetzt lebenden Völkern wird es wohl nur nicht besonders erwähnt, dass bei ihnen die Gebärenden gewöhnlich die Rücken- oder Seitenlage annehmen. Denn die meisten Berichterstatter halten diese letztere für selbstverständlich und notiren nur die ihnen besonders auffallenden Stellungen. Allein häufig genug finden wir ausdrücklich das Liegen als die im Volke gebräuchliche Situation angegeben; so können wir nun in die Classe der Nationen, deren gebärende Frauen regelmässig liegen, sowohl viele ganz rohe, als auch die meisten der schon mehr civilisirten Völker einregistriren.

Von den brasilianischen Wilden berichtet Jean de Laet (1640): „Les femmes du Brésil accouchent étendues en terre." Aus neuer Zeit wissen wir, dass die Frauen der Papudo's in Brasilien liegend in einer an Bäumen aufgehängten Matte gebären. Auch sah eine deutsche Colinistin in Brasilien mehrere Male, wie sie mir berichtete, Indianerinnen auf dem Erdboden liegend gebären, während Stamm und Familie derselben in der Nähe rasteten. Von den Bewohnern der Antillen sagt Ligon (1657): „At the time the wife is to be brought to bed."[1] — Die Sandwich-Insulanerin liegt beim Gebären auf einem Stück Zeug von der Rinde des Maulbeerbaums. — Jene Frau aus Sumatra, welcher es Dr. Schwarz in Fulda gestattete, ihrer heimischen Sitte gemäss niederzukommen, gebar in der Rückenlage (Monatsschr. f. Geburtsk. 8. p. 111). — Während in Australien die Eingeborene bei leichten Geburten ihr Kind in einer später zu besprechenden Stellung zur Welt bringt, stehen dort bei schwierigen Geburten der Gebärenden zwei Frauen bei und alle drei legen sich nieder, die Gebärende in der Mitte; die eine legt ihre Kniee hinterwärts der Gebärenden in das Kreuz auf den Rücken, die andere, an der Vorderseite der Gebärenden liegend, wartet den Eintritt einer Wehe ab und stösst dann mit ihren Knieen den Unterleib der Gebärenden (Marston, in Journ. of the ethnolog. Soc. of London 1869/70). — Die Siamesin liegt während der Geburt, wie mir Schomburgk mündlich mittheilte und gleichzeitig durch eine Photographie belegte: sie ruht in der Seitenlage ausgestreckt auf einer Matratze, hat nur ein kleines Kissen unter ihrem Kopfe, und unmittelbar neben ihr wird ein Feuer unterhalten. — Der gelehrte Parsi Dosabhoy Framjee giebt in seinem Werke „The Parsees" etc. (London 1858) an, dass alle Kinder der Parsis das Licht der Welt zu ebener Erde erblicken müssen; demnach kommt wohl die Parsi-Frau stets im Liegen nieder. — Die russischen Frauen in Astrachan werden nach H. Meyerson's Angabe, während des Kreisens von den sogenannten Hebammen ununterbrochen in der Runde umhergeführt; erst in den letzten Momenten der Geburt

ist gleich dem Deutschen „niederkommt die Gebärende in's Bett, das mit schmutzigem Leder und Lappen zur Unterlage versehen ist. — Die Perserinnen liegen im Beginne des Gebäractes auf Polstern an der Erde (da es in Persien keine „Betten" giebt), doch kommen bei ihnen, sobald starke Wehen eintreten, auch andere Positionen vor (Polak). — Die Japanesinnen haben erst seit einiger Zeit die Sitte angenommen, beim Gebären zu liegen; doch hatte sich diese Sitte, wie v. Siebold nach Mimazunza's Angabe im J. 1826 berichtet, nur erst in den grossen Städten heimisch gemacht; denn erst gegen Ende des vorigen Jahrhunderts war der Geburtshelfer Kanagawa-Gen-Ets gegen den bis dahin in Japan allgemein und wohl noch jetzt zum Theil gebräuchlichen Geburtsstuhl mit Erfolg aufgetreten, und hatte das Liegen im bequemen Bett als das Naturgemässe eingeführt. Die japanesischen Weiber der unteren

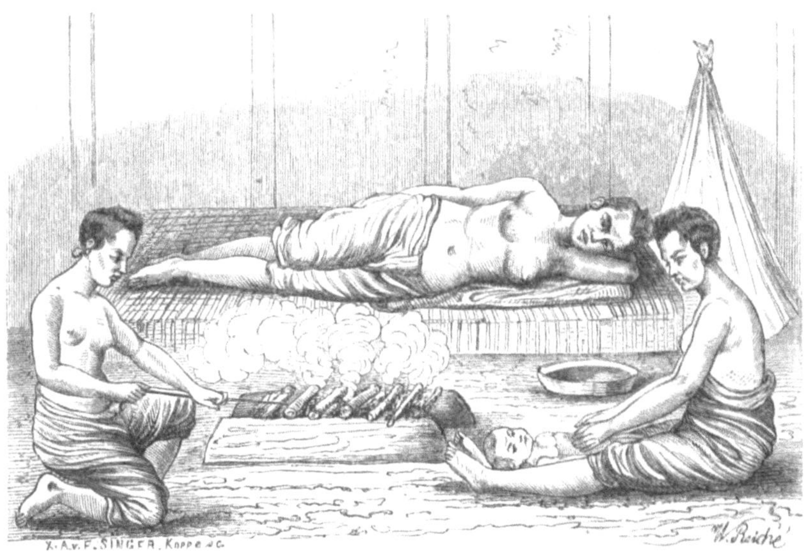

Geburtslager der Siamesin. (Nach einer Photographie Schomburgks.)

Stände liegen, wie v. Siebold (Journ. f. Geburtsh. 1826. VI. 3) sagt, auf ebener Erde auf einer Matratze, wobei sie den Arm auf einen mit Reis gefüllten Sack und die Füsse gegen einen ähnlichen stemmen. — Die Chinesin liegt beim Gebären auf einem Bett: nach Dabry (La Médec. chez les Chinois. Paris 1863. p. 354) schreibt der chinesische Arzt vor: „Le lit sur lequel doit avoir lieu l'accouchement ne doit être ni trop dur ni trop mou." Doch kommt auch, wie wir später erörtern, die Gebärende in China auf einen Stuhl.

Wir wissen, dass die alten Päonierinnen lagen, denn es heisst von ihnen: „a partu e lecto surgunt". — Auch die Frauen der sanskritsprechenden alten Inder lagen, denn der Arzt Suçruta sagt, dass das Bett der Gebärenden weich und mit Kopfkissen versehen sein soll, und dass die Frau darin mit gekrümmten und er-

hobenen Schenkeln liegen musste. — Wenn die alten Griechinnen
in der frühesten Zeit vielleicht knieten, so lagen sie doch zur Zeit
der Hippokratiker in der Regel auf einem Geburtslager, welches
$\varkappa\lambda\ell\nu\eta$ hiess, demnach ein Bett war. — Das Geburtslager der alten
Römer ist auf einem Wandgemälde abgebildet, welches die Apotheose
des Titus als Apollo darstellt (vergl. Almanach aus Rom für Künstler
und Freunde der bildenden Kunst. Mit Kupfern. Herausgegeben von
Th. Sickler und C. Reinhart. Leipzig 1811. S. 37 Abbild. 2 und 4).

Die Geburt des Kaisers Titus. (Nach einem grossen antiken Deckengemälde in
Enkaustik aus dem Palast des Titus auf dem Esquilin zu Rom.)

Und wenn auch der Geburtsstuhl, wie wir weiter erörtern werden,
im römischen Reiche schon während des 1. und 2. Jahrh. nach
Christi Geb. wahrscheinlich sehr gebräuchlich war, so gebaren doch
die Römerinnen oft genug im Bett liegend; dies bezeugen viele Stellen
der alten Autoren (Catull, Juvenal, Varro, Servius, Prudentius, Diodorus
Siculus, Phaedrus, Plutarch, Celsus), welche Thomas und Casp.
Bartholinus („Antiquitatum veteris puerperii Synopsis". Hafn. 1646
und Comment. Amst. 1676), sowie Triller (in seiner „Clinotechnia
medica antiquaria" § CXLII. ff) gesammelt haben.

In Europa ist das Liegen bei der Geburt erst wieder seit dem
vorigen Jahrhundert nach und nach eingeführt worden, und erst vor
einigen Jahrzehnten befreite man sich ganz von der Herrschaft des
Geburtsstuhls. Das Geburtslager verschiedener europäischer Völker
unserer Zeit charakterisirt Hureau de Villeneuve (Thèse, Paris 1863,
p. 31) in folgender Weise: „On sait, que les Françaises accouchent
sur un petit lit, étendues sur le dos, les cuisses écartées et relevées;
les Anglaises au contraire se placent sur le côté, les jambes réunies

et pliées; les Allemandes s'étendent sur un grand lit à pédales, assez semblable à nos lits à speculum." Es lässt sich wohl vermuthen, was hier mit „grand lit à pédales" gemeint ist; nur in früherer Zeit, freilich auch noch im ersten Dritttheile unseres Jahrhunderts benutzte man in Deutschland ein besonderes Geburtslager (nämlich den Geburtsstuhl); jetzt mögen vielmehr wohl allerwärts in Deutschland die Frauen in der Regel (d. h. mit den von uns später besonders zu erörternden Ausnahmen) in ihrem gewöhnlichen Bett niederkommen; allerdings ist in vielen Gegenden Deutschlands das Bett der Bauern auffallend gross und hoch, sowie mit hohen Füssen an der Bettstelle versehen. — In England scheint die Rückenlage schon zu Anfang des vorigen Jahrhunderts nicht ungewöhnlich gewesen zu sein (Chapman 1735); der Rücken- und Seitenlage geschieht von Schottland aus erst gegen Ende des vorigen Jahrhunderts mehrfach Erwähnung. White in Manchester (1773) befürwortete die Rücken- und Seitenlage zuerst. So liegen denn bei Entbindungen, namentlich bei fast allen geburtshülflichen Operationen sowie bei der geburtshülflichen Untersuchung die Engländerinnen und eben so die Frauen in Nordamerika auf der Seite, weil sie glauben, hierdurch werde die Schamhaftigkeit am wenigsten verletzt; die englischen Geburtshelfer tragen auch diesen Gefühlen ihrer Patientinnen volle Rechnung (John Burns, Principles of Midwifery. 9. edit. London 1837). Der französische Arzt Legros (De la position de la femme pendant l'accouchement; Gaz. des hôpit. 1864. No. 60. p. 238) tadelt es zwar, einer solchen „Pruderie" Rechnung zu tragen; doch empfiehlt er selbst diese Seitenlage (mit angezogenen Schenkeln) in solchen Geburtsfällen, wo die Zerreissung des Dammes in Folge heftiger Contractionen der Unterleibsmuskeln droht (ibid. No. 73. p. 291). Vor Allem und fast überall in Grossbritannien ist es die linke Seite, auf welcher die Frau liegt (Gusserow, in Monatsschr. f. Gebk. 1864. Bd. 24. p. 279).

Bisweilen findet das Liegen nicht mit völlig horizontal ausgestrecktem Körper statt, vielmehr wird der Oberkörper bei manchen Völkern so erhöht, dass das Liegen fast ein Sitzen zu nennen ist. Dies war, wie es scheint, bei den Römern der Fall. Schon Moschion schrieb vor: Ὑπτιοῦντες αὐτὴν ὑπτίαν ἐν τῷ κραββάτῳ τῷ σκληρὰν τὴν στρωμνὴν ἔχοντι (Supinam eam in lecto, qui dure stratus est, diductis ibidem cruribus et divaricatis locando). Diese aufrecht sitzende Stellung im Bett beim natürlichen Verlaufe der Geburt [1]) gab man wohl auch später im übrigen Europa allen Gebärenden wenigstens zu den Zeiten, wo die Verfasser von Hebammenbüchern sich ganz an die Vorschriften der Alten, namentlich auch Moschion's hielten. Ja es darf wohl angenommen werden, dass man auf den Gedanken eines Geburtsstuhls nur dadurch geführt wurde, dass man glaubte, durch denselben der Gebärenden eine ebenso bequeme oder noch bequemere Stellung zu geben, als die Rückenlage mit sehr erhöhtem

---

[1]) Celsus (Lib. VII. Cap. 29) und Paulus von Aegina (Lib. VI. Cap. 74) gaben für Ausführung gewisser geburtshülflicher Operationen eine erhöhte Lagerung des Oberkörpers der Gebärenden als die zweckmässigste Stellung an.

Oberkörper im Bett ist, wobei der Hebamme das Empfangen des Kindes noch dazu erleichtert werden sollte. So hatte man in Deutschland während des Mittelalters, schon bevor von aussen her der Geburtsstuhl hier eingeführt wurde, der Gebärenden regelmässig eine sehr erhöhte Lage mit dem Oberkörper gegeben. Wir schliessen dies zum Theil daraus, dass in alten Kirchengemälden, welche die Geburt Christi darstellen, die gebärende Maria stets mit aufgerichtetem Oberkörper im Bett sitzt, indem sie meist einen Arm unterstemmt. Die Maler jener Zeit gaben in ihren Bildern der gebärenden Maria diese Stellung, nicht etwa weil sie dieselbe für historisch treu, oder für eine der Würde der Jungfrau in ästhetischer Hinsicht angemessene hielten, sondern wahrscheinlich deshalb, weil sie damals die allgemein gebräuchliche war. Man schilderte in naiver Weise die Sitten der eigenen Zeit, wenn man die des altjüdischen Volkes darstellen wollte.

Schon in der Periode des romanischen Styls sitzt auf solchen alten Kirchenbildern die Jungfrau unmittelbar nach der Geburt Christi; beispielsweise nach Cicognara auf einem von Nicola Pisano an der Kanzel des Baptisteriums zu Pisa (im 13. Jahrh.) gefertigten Relief (Kugler's Kunstgeschichte 3. Aufl. II. p. 275. — Vgl. Lübke's Geschichte der Plastik 2. Aufl. 1871. p. 492. F. 246). In der ältesten Periode des gothischen Styls sieht man die Jungfrau beispielsweise auf einem Glasgemälde, das sich in der Stiftskirche zu Wimpfen im Thal befand, während der Geburtsarbeit im Bett mit erhobenem Oberkörper liegen, indem sie denselben, wie in der soeben genannten Darstellung durch Aufstemmen des rechten Armes stützt (Kugler II. p. 405); dieses Bild stammt wahrscheinlich ebenfalls aus dem 13. Jahrh. Merkwürdiger Weise findet man von da an in den Bildern die Jungfrau bei der Geburt Christi jedesmal in gleicher Stellung, d. h. im Bett mehr oder weniger aufrecht sitzend; so malten sie Andrea del Sarto, der von 1488 bis 1530 zu Florenz lebte, aber auch der Spanier Murillo von 1618 bis 1682; insbesondere sitzt in dessen schönem kleinen Bilde der Geburt Christi die Jungfrau ziemlich aufrecht im Bett. Mit auffallender Consequenz halten die alten Maler an dieser Darstellungsweise fest, wofür wir in jeder grösseren Kupferstichsammlung zahlreiche Belege finden. Ein Kenner der alten Meister, den ich hierüber consultirte, meinte: dass er noch kein Bild der Geburt Christi aus früher Zeit gesehen habe, auf dem die Jungfrau im Liegen dargestellt worden ist. Charakteristisch für das in Rom zu Anfang des 16. Jahrhunderts gebräuchliche Geburtslager scheint ein sehr realistisch gehaltenes Bild von Giulio Romano zu sein, welches ich

toria delle vita e delle opere di
Carlo d'Arco. Mantoua. 1838".
pie dieses Kupferstichs.
he Geburtslager der Völker im
rier, glaube ich zu erkennen in
andelgren in seinen „Monuments -
1862, Platte 39: „Église Torpa

Darf man aber aus diesen Erscheinungen wirklich den Schluss
ziehen, dass man in jenen Jahrhunderten ganz allgemein die Gewohnheit hatte, die Kreisenden und Wöchnerinnen nicht ganz liegen,
sondern halb liegen, halb sitzen zu lassen? Ich glaube, dass allerdings dergleichen Schlüsse erst durch schriftliche Nachrichten oder
durch Abbildungen, welche direct die Sitte der damaligen Zeit wieder-
geben sollen, eine sichere Stütze finden. Nun haben wir aber ziemlich
bestimmte Andeutungen darüber, dass man im Mittelalter schon bevor

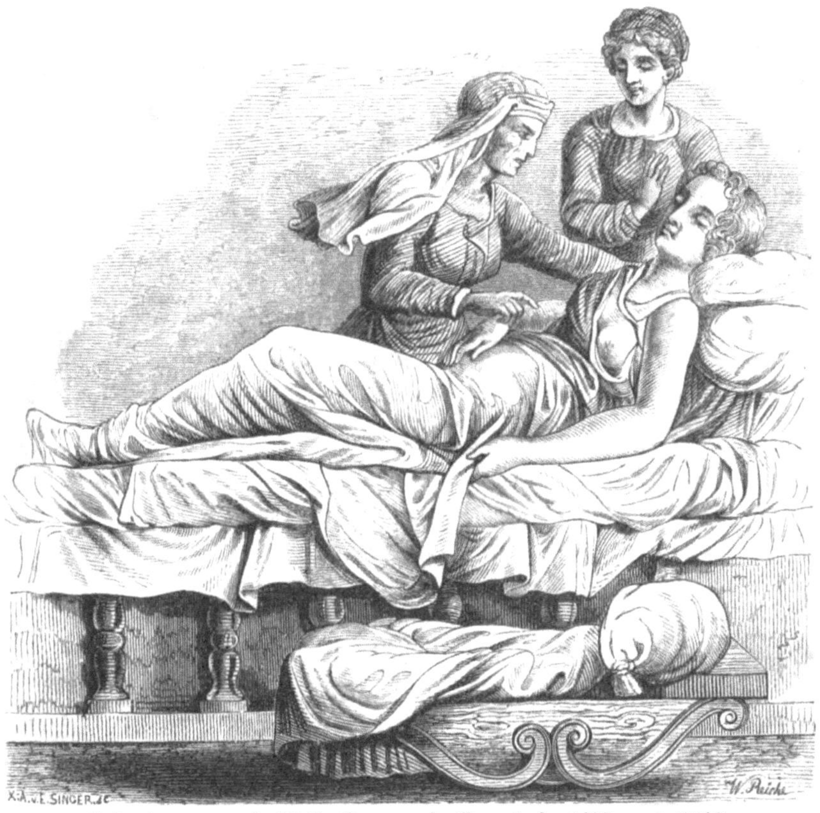

Geburtsscene nach Giulio Romano in Rom (geb. 1492, gest. 1546).

der Geburtsstuhl sich über Europa verbreitete, der gebärenden Frau
regelmässig eine sehr erhöhte Lage mit dem Oberkörper im Bett
gegeben hat. Wir ersehen dies beispielsweise daraus, dass Rösslin
in seinem Hebammenbuche „Der swangeren Frawen und Hebammen
Rosegarten" (1512) schreibt: „Wenn die Wehen kräftiger werden und
die Feuchtigkeit der Gebärmutter reichlicher fliesst, soll die Gebärende
die Rückenlage einnehmen, doch nicht ganz liegen, und auch nicht
recht stehen, das Haupt mehr hinter sich legen."

Das Sitzen.

Ohne Zweifel war und ist noch heute das Sitzen der Gebärenden ungemein ausgebreitet, doch stellen wir sehr in Frage, ob Rigby recht hat, wenn er sagt: „So weit geschichtliche Notizen reichen, scheint es, dass bei den mehr civilisirten Völkern die Frauen beim Gebäracte sassen" (Med. Times and Gaz. 1857. Oct. 3. Schmidt's Jahrb. Bd. 99. 311)- Die Weiber vieler uncivilisirter Völker sitzen niedrig und wählen hierzu den Erdboden, oder auch Steine, sowie andere Unterlagen, bei civilisirten Völkern finden wir Stühle und ähnliche Möbel, auch ganz besonders für den Zweck hergerichtete Geburtsstühle.

Die Frauen in Australien werden, wie Hooker (Journ. of the ethnol. Society of London. April 1869. 68) sagt, selten und nur dann, wenn sie aussergewöhnlich schwächlich sind, in liegender Stellung entbunden; sie sitzen bei der Geburt in aufrechter Stellung. -- In Südindien wird die Frau im Anfange der Geburt von den Freunden und Verwandten, welche sie umgeben, angewiesen, hin und her zu wandeln, um sich selbst Erleichterung zu schaffen; dann wird ihr von der Hebamme, nach welcher man inzwischen geschickt hat, befohlen, mit den Schenkeln ausgestreckt zu sitzen, wobei ihr Rücken durch eine Frau unterstützt wird, welche sie etwas hinterwärts neigt; wenn sich der Kopf des Kindes einstellt, so giebt die Hebamme der Gebärenden die Weisung, sich auf den Rücken zu legen (Dr. Shortt, Edinb. med. Journ. Dec. 1864. p. 554). — Etwas anders ist das Verfahren in Guatemala im tropischen Amerika: dort wird nach geschehenem Blasensprunge die Gebärende meist auf den Boden gesetzt, die Hebamme unterstützt ihr den Oberkörper von hinten in der Weise, dass sie während der Wehen eines ihrer Kniee mit aller Kraft gegen das Kreuz des Schlachtopfers anstemmen kann (Dr. Bernoulli, Schweizer. Zeitschrift 1864. 1. u. 2. pag. 100). — Wenn auf den Canarischen Inseln bei den Frauen der ländlichen Bevölkerung die ersten Wehen eintreten, so lässt man die Gebärende auf der Erde zwischen zwei Stühlen niedersitzen, auf deren Sitz sie die Arme stützen muss. — Bei den Kalmücken in der Gegend von Astrachan setzen sich die Kreisenden bei regelmässiger Geburt zwischen zwei Koffer und strengen alle Kräfte an, durch Pressen und Drängen die Geburt zu beschleunigen (H. Meyerson).

In Old-Calabar geht während der Geburtsarbeit die Negerin umher, oder wenn sie sitzt, so bedient sie sich hierzu eines niedrigen Stuhles oder eines Holzklotzes, und die vor ihr hockende Hebamme drückt dabei sanft die Seiten ihres Unterleibes (Hewan, Edinb. med. Journ. 1864. Sept. 223). — Während die vornehmeren Frauen auf Massaua (im rothen Meer) im Ankhareb (Bettgestell) bei der Geburt liegen, sitzen die Frauen aus niederen Ständen dabei auf einem Steine, indem sie sich zurücklehnen und einen Rückhalt entweder durch einen Baum oder von einer Freundin erhalten; die Hebamme sitzt dabei vor der Gebärenden zwischen den

weitausgestreckten Schenkeln (Aussagen des ehem. Consul Gerhard). —
In Monterey (Californien) ist es üblich, wenn die Geburt beginnt,
die Frau auf einen Stuhl in die Mitte des Raumes zu setzen;
hier muss sie an einem Seile ziehen, das über ihrem Kopf an einem
Querbalken hängt, auch werden an ihrem Unterleib verschiedene
Compressions-Methoden vorgenommen und die vor ihr sitzende Hebamme
zieht mit einer oder mit beiden Händen in der Vagina; erst wenn
die Gebärende und die den Unterleib zusammendrückenden Assistenten
ermattet sind, so wird jene auf ihre Kniee auf den Erdboden gelegt
(King, Amer. Journ. of med. Sc. 1853. April. 891).

Während früher, wie wir noch genauer darlegen wollen, Jahrhun-
derte lang der sogen. Geburtsstuhl, durch den man der Gebärenden
das Sitzen ganz besonders bequem zu machen suchte, ungemein verbreitet war, ist die allgemein volksthümliche Benutzung dieses Apparats
gegenwärtig fast nur noch auf asiatische und orientalische Länder
beschränkt; wir finden ihn in Japan und China, in der Türkei,
in Griechenland, Syrien und Aegypten. — Es muss auffallen,
dass gerade bei einer Völkerschaft, welcher das Sitzen auf Stühlen
etwas ganz Ungewöhnliches ist, die Gebärende in der Regel
sitzt, nämlich in Japan ausserhalb der grossen Städte (ehemals
aber auch in ganz Japan überall). Ein russischer Arzt in Hakodade
schreibt (Petersburger med. Zeitschr. 1862. III. 2): „Gebärende bringt
man auf die Diele in eine sitzende Lage, in der sie dann noch
7 Tage verbleiben." Und nach Angabe des japanesischen Geburtshelfers Mimazunza, mit dessen Bericht uns v. Siebold bekannt machte,
war in Japan noch während des vorigen Jahrhunderts der Geburtsstuhl
gebräuchlich; dieser Stuhl hiess in Japan „Sandai", d. i. Ruhebank [1]. —
Auch in China kommt die Frau auf einem Stuble sitzend nieder,
welcher der Reinlichkeit wegen in einer zur Aufnahme des Blutes
bestimmten Wanne steht (Dr. John J. Kerr in Canton). Doch wird
in China ebenso wie in Japan von den einheimischen Aerzten gegen
den Gebrauch dieses Geburts-Möbels angekämpft, freilich nur so,
dass sie erst dann gestatten, die Frau auf den Stuhl zu bringen,
wenn die Geburt weit genug vorgerückt ist (cfr. Rehmann loc. cit.
p. 5, v. Martius loc. cit. p. 42).

Dass der Geburtsstuhl in der Türkei vorkommt, bezeugt P. Eram
(„Quelques consid. prat. sur les accouch. en Orient." pag. 407), welcher
fast überall in seinem Buche für „Türkei" nur „Orient" schreibt. Wir
lesen bei ihm: „A cette occasion il faut savoir que quelques sages-
femmes en Orient, se croyant un peu plus instruites que les autres,
ont l'habitude d'accoucher les femmes sur une chaise et par con-
séquent dans la position assise. Il paraît que cette habitude
serait un reste traditionnel de la méthode primitive, qui persisterait
encore aujourd'hui dans quelques contrées du monde." Es wäre zu
wünschen, dass Eram diesen Stuhl, der in Constantinopel benutzt

---

[1] Ein Berliner College besitzt eine japanesische Abhandlung über Geburtshülfe, in welcher unter anderen Abbildungen auch ein Geburtsstuhl bildlich dargestellt ist. — Vgl. Journ. für Gebtsh. 1826. VI. 687.

wird, genauer beschrieben hätte; wir würden vielleicht aus der Form desselben seine Herkunft und seine Beziehung zu den Geburtsstühlen anderer Völker errathen können.

In **Griechenland** erlebte W. Eton (Schilderungen des türkischen Reiches, übersetzt von Bergk. Leipzig 1805. p. 144) Folgendes: Die Hebamme und ihre Gehülfin brachten zur Entbindung **eine Art von Dreifuss** mit; die junge Frau musste sich auf denselben setzen, und die Hebamme selbst setzte sich vor sie, jedoch ein wenig niedriger; hinter die junge Frau setzte sich auf einen höheren Stuhl die Gehülfin, die sie mitten um den Leib mit ihren beiden Armen umfasst hielt; es dauerte nicht lange, so kam das Kind auf die Welt. Genauer beschreibt diesen Stuhl und das Verfahren Sonnini (Moreau's Naturgesch. des Weibes. II. 194). Auf meine briefliche Anfrage an Hrn. Prof. Dr. Damian Georg in Athen, ob der Geburtsstuhl vielleicht noch aus ältester Zeit in **Griechenland** heimisch sei, schrieb derselbe mir, dass der Stuhl in ziemlich später Zeit eingeführt worden sei, und dass ihn in **Constantinopel** Dr. Schivas abgeschafft hat.

Allein nicht blos in der Türkei und in Griechenland, sondern auch in **Palästina** benutzen die Hebammen noch jetzt nach Tobler's Bericht einen Geburtsstuhl. In **Jaffa** hat derselbe einen halbmondförmigen Sitzausschnitt. Der Missionär Robson sagt, dass zu **Damascus** in **Syrien**, wo er sich 20 Jahre lang aufhielt, im Besitz der Hebamme sich stets ein Geburtsstuhl mit Sitzausschnitt befindet, auf welchen jede Gebärende gesetzt wird: „The woman is seated in **a large arm-chair** having a semicircular piece cut out of the middle of the front of the seat" (Dublin quart. Journ. of med. sc. 1865. Febr. p. 232). Der ehem. k. preuss. Consul Herr Dr. Rosen in **Jerusalem** schrieb mir von dort: „Die Hebammen in Jerusalem gebrauchen noch jetzt den Geburtsstuhl, wie sonst. Die Bauern hingegen lassen die Gebärenden sich auf ein Kissen oder auf einen Stein setzen." Vielleicht kamen die Frauen der Israeliten in Aegypten während der Gefangenschaft der Juden auch schon auf Steinen sitzend nieder. Dies würde für später zu erörternde Fragen von Bedeutung sein. — H. J. von Türk wurde in Jerusalem zu einer **samaritanischen** Dame gerufen, welche in einem „**altmodischen Lehnstuhl**" niederkam; er bemerkt hierzu, dass der Lehnstuhl, der bei anderen Gelegenheiten nur höchst selten gebraucht wird, ihm schon genügend andeuten musste, dass es sich hier um eine Entbindung handele (J. J. Sachs, Med. Almanach f. 1839. 144).

Auch in **Aegypten** ist ein besonderer Geburtsstuhl in Gebrauch. Dort bringt die Hebamme (Da'yeh) den Koor'see el-wila'deh, d. i. „a chair of a peculiar form", wie E. W. Lane sagt (conf. dessen: „An account of the manners and customs of the modern Egyptians," London 1836, Vol. II, pag. 274), schon 2 oder 3 Tage vor der zu erwartenden Entbindung in das Haus der Schwangeren, welcher sie bei der Geburt beistehen soll. Auf diesen Stuhl wird die Gebärende während der Entbindung gesetzt. Er ist mit einem Shawl oder einer gestickten Serviette bedeckt, und einige Blüthen des Henna-Baumes oder einige Rosen sind mit einem gestickten Tuche an beiden Seiten der Rückenlehne angeknüpft. So ausgeschmückt wird der Stuhl, der ein Eigenthum der Hebamme ist, in das Haus getragen. Aehnliches berichtet Dr. C. B. Klunzinger („Das Ausland" 1871. No. 40. p. 949) aus Oberägypten: „Kommt die Zeit, dass ein neues Menschenkind das Licht der Welt erblicken soll, so stellt sich die Hebamme mit ihrem Stuhle ein."

Der Gebrauch des Geburtsstuhles reicht in ein sehr hohes Alterthum hinauf. Allein es ist noch immer zweifelhaft, ob man den Beginn desselben schon von so früher Zeit an rechnen darf, wie Manche wollen, indem sie sich auf das Zeugniss der Bibel stützen. Eine berühmte Stelle der Bibel (Exodus 1, 16) hat viel Streit darüber erregt, ob in ihr von einem Geburtsstuhl die Rede ist oder nicht? Pharao befahl den beiden Hebammen Siphra und Pua, alle männlichen Kinder zu tödten, und sagte nach der lutherischen Uebersetzung: „Wenn ihr den hebräischen Weibern helfet und auf dem Stuhle sehet, dass es ein Knabe ist, so tödtet ihn". Diese Stelle nun hat den Auslegern viel Noth gemacht. Denn es ist die Frage, ob das Wort Efnoim wirklich den Sinn haben soll: „auf dem Stuhle". Zwar halten es W. Triller (Clinotechnia etc. 1774. p. 223—244) und G. Chr. Siebold (Commentatio de cubilibus sedilibusque etc. 1790. Sect. II. cap. 1.) für unzweifelhaft, dass die alten Aegypter und Hebräer Geburtsstühle hatten. Allein seitdem wurden doch auch noch manche beachtenswerthe Conjecturen aufgestellt. Die verschiedenen Deutungen des Wortes Efnoim und die Erklärungsversuche bis zum Jahre 1839 findet man in Casp. J. von Siebold's „Versuch einer Geschichte der Geburtsh." I. p. 39.

Das Wort Efnoim (hebr. האבנים) kommt nur noch einmal in der Bibel vor und bedeutet dort eine Scheibe, wie sie die Töpfer gebrauchen. Seiner Abstammung nach bedeutet es überhaupt etwas Rundgeformtes. Da sich Casp. J. von Siebold bei seiner Besprechung der verschiedenen Hypothesen für diejenige Bedeutung entscheidet, welche Redslob jenem Satze der Bibel giebt („Wenn ihr an den Steinen d. h. den beiden Testikeln sehet, dass es ein Knabe ist"), und da J. P. Trusen (Sitten, Gebräuche und Krankh. d. alten Hebr. S. 110) sich der Meinung Rettig's anschliesst, dass mit dem Worte Efnoim ein Geburtsstuhl nicht bezeichnet sein könne, so befragte ich einen bekannten Sprachforscher, Prof. Dr. Fürst in Leipzig,

Altägyptische Töpfer-Scheibe (nach Wilkinson).

welcher ein chaldäisch-hebräisches Wörterbuch (Leipzig 1861, siehe dessen Seite 14) verfasst hat, nach seiner Ansicht über diesen dunkeln Gegenstand. Er hat mehrere Auslegungen in seinem Buche angeführt und entscheidet sich dabei für den Sinn: „Ihr sollt auf die beiden Geschlechter sehen", d. h. ob es ein männliches oder weibliches ist. Aber er meinte doch auch bei unserer Unterredung, dass die Idee,

Efnoim könne ein bei der Geburt gebrauchtes Geräth oder Möbel „mit zwei Scheiben" bedeuten, nicht abzuweisen sei, auch mehr Wahrscheinlichkeit für sich habe, als Redslob's Conjectur.

Hierzu kommt noch (was Trusen leugnet), dass nach dem babylonischen Talmud den mischnischen Aerzten schon im 3. Jahrh. nach Chr. Geb. der Geburtsstuhl bekannt, dass derselbe damals wahrscheinlich schon seit längerer Zeit unter den Juden in Gebrauch war, und dass er nicht blos bei schwerer, sondern auch bei natürlicher Geburt angewendet wurde (Israëls, Tentamen Cap. III, p. 120; vergl. Pinoff in Henschel's Janus, Bd. I.). Die Talmudisten nannten diesen Geburtsstuhl Maschbar, hebr. משבר (i. e. Fractor, a vires feminae frangendo). Israëls führt dabei an, dass sich schon die talmudischen Aerzte ebenfalls mit Auslegung des Wortes Efnoim beschäftigt haben. Er kann sich jedoch ihren Auslegungen (insbesondere der des R. Chanin) nicht anschliessen, sondern folgt vielmehr dem ältesten chaldäischen Interpreten Onkelos, welcher Efnoim für gleichbedeutend mit dem talmudischen Worte für „Geburtsstuhl" hält.

Ein anderer Schriftsteller der neueren Zeit, R. J. Wunderbar (Biblisch-talmudische Medicin, erste Abth., Riga und Leipzig 1850. pag. 51), spricht sich gleichfalls darüber aus, ob die alten Juden schon den Kreis- oder Geburtsstuhl hatten. Auch er bezeichnet, wie Israëls, das talmudische Wort Maschbar als „Entbindungs-Apparat, Kreisstuhl" (vergl. Raschi zum 2. B. d. Kön. 19, 3. Talmud Tr. Sabbath 129; Erachim 7 und in Tr. Kelim 23, 4 heisst es ausdrücklich: משבר של חיה). Auch das biblische Wort Efnoim oder Abnajim (אבנים) scheint nach Wunderbar der Talmud für einen ähnlichen Apparat gehalten zu haben, was ausser Onkelos noch Aben-Ganach, Raschi und viele andere Exegeten bestätigen. Wunderbar kann keineswegs in Abrede stellen, dass diese Angabe der talmudischen Bibel-Erklärer wichtig ist. Denn Onkelos, welcher schon 100 J. v. Chr. Geb. die heiligen Bücher in die chaldäische Sprache übersetzte, bezeugt hiermit, dass die Hebräer ganz allgemein den Kreisstuhl in Gebrauch hatten, und dass man schon damals glaubte, derselbe sei von sehr alter Zeit überkommen. Demungeachtet lässt sich nach Wunderbar's Meinung nicht bestimmen, ob jene Auslegung des Wortes Efnoim als Geburts- oder Kreisstuhl wirklich gegründet ist. Der Grammatiker R. Jehuda ben Karisch leitet das Wort von Rad. בנה mit dem form. „א" ab, nach welchem dieses Wort entweder durch בנים „Kinder" oder auch „Bildungsorgane" erklärt wird. Wunderbar selbst ist der (nach Fürst ganz falschen) Ansicht, dass es keineswegs einen Entbindungs-Apparat bedeute, sondern dass es wirklich von jener Radix abstamme und sich vorzüglich auf die Zeugungsorgane beziehe, welche hier durch den Ausdruck „Bildungsglieder" bezeichnet werden.

Denjenigen jedoch, welche unter Efnoim einen Stuhl verstehen, schliesst sich Pinoff (Henschel's Janus II. 37) an: „Da die Kreisenden nicht eher auf den Stuhl gebracht wurden, bis die Geburt des Kindes schon nahe war, so war es dann erst den Hebammen zeitgerecht, ein Unterscheidungsmerkmal für das Geschlecht des Kindes aufzufinden."

Bei solchem Widerstreit der Ansichten unter den Auslegern bleibt die Frage, ob die Juden zur Zeit ihres Aufenthaltes in Aegypten einen Geburtsstuhl in Gebrauch hatten, noch so lange zweifelhaft, als uns nicht eine Abbildung auf den ägyptischen Monumenten mit dem Geburtsstuhle des jüdischen Volks damaliger Zeit bekannt macht, und so lange nicht ein ägyptisches Wort aus ältester Zeit gefunden wird, welches eine gleiche Bedeutung mit dem hebräischen Worte Efnoim hat. Nur so viel steht demnach jetzt fest, dass schon 100 Jahre v. Chr. Geb. bei den Israeliten der Stuhl bei ganz normalen Geburten in Anwendung war. Von jener Zeit her hat er sich wahrscheinlich noch lange bei diesem Volke erhalten. Da nach Tobler im J. 1839 und nach den mir durch Consul G. Rosen aus Jerusalem zugegangenen Mittheilungen noch jetzt die Hebammen in Palästina einen ganz besonderen Geburtsstuhl mit halbmondförmigem Sitzausschnitt benutzen, so stammt dessen Gebrauch vielleicht noch als Ueberlieferung aus alter Zeit her.

Die alten Griechen, deren Frauen in der Regel liegend gebaren, benutzten ursprünglich den Stuhl, auf welchen sie die Gebärende setzen liessen, lediglich als geburtsförderndes Mittel bei zögernder Geburt. Später freilich wurde auch bei ihnen der Stuhl als besonders hierzu construirter Gebär- oder Geburtsstuhl allgemein bei jeder Geburt angewendet [1]).

Für die Geschichte und Verbreitung des Geburtsstuhls in altgriechischer Zeit findet sich eine wichtige Stelle bei Hippokrates, aus welcher hervorgeht, dass zu seiner Zeit die Gebärenden, welche allerdings gewöhnlich in liegender Stellung auf dem Bett niederkamen, auch auf einen Stuhl gebracht wurden: Ἢν δὲ μὴ δύνηται καθῆσθαι ἐπὶ τοῦ λασάνου, ἐπ’ ἀνακλίτου δίφρου τετρυπημένου καθήσθω. „Si vero supra lasanum puerpera ipsa sedere nequeat, tum supra reclinatam sellam perforatam collocetur (Hipp. de superfoetatione, ed Foësii, p. 261). Die Bedeutung der zwei Bezeichnungen λάσανον und ἀνάκλιτος δίφρος τετρυπημένος hat zu verschiedenen Auslegungen und Deutungen Veranlassung gegeben. Triller und Chr. Siebold glaubten darunter Geburtsstühle verstehen zu müssen. Da aber Foësius das λάσανον als eine sella familiaris ad ventris onera exoneranda (d. h. als „Nacht- oder Leibstuhl“) bezeichnete, und da auch Hippokrates und andere classische Schriftsteller des Alterthums das Bett (κλίνη) als Lagerstätte zum Gebären erwähnen, so glaubte Ed. Casp. J. v. Siebold (Versuch e. Gesch. d. Geb. I, p. 93), dass das λάσανον ein eigentlicher Gebärstuhl nicht gewesen sei. Allein Pinoff (Henschel’s Janus II. 39) machte es mehr als wahrscheinlich, dass des Hippokrates ἀνάκλιτος δίφρος τετρυπημένος wirklich die Bedeutung einer Sella obstetricia habe. Er weist insbesondere darauf hin, dass später

---

[1]) Auf eine Stelle des Artemidorus gestützt, hält es Triller in seiner Clinotechnia pag. 215 für wahrscheinlich, dass die Frauen der Griechen früher in der Mehrzahl der Fälle und ganz gewöhnlich auf Geburtsstühlen niederkamen, erst später Betten benutzten. Artemidorus spricht wohl von „δίφρους ὁρᾶν λοχαίους, οἷς πρὸς τὸ ἀποτεκεῖν χρῶνται αἱ γυναῖκες“; doch wird der Umfang des Gebrauchs solcher Stühle von anderen alten Schriftstellern genauer angegeben.

auch Soranus unter δίφρος nur einen Geburtsstuhl verstanden habe, den er bald δίφρος μαιευτικός, bald auch δίφρος schlechtweg nennt. Bei Soranus wurde also δίφρος ein Gebärstuhl genannt, und es ist kein Grund vorhanden, sich gegen die Annahme zu sträuben, dass auch Hippokrates einen solchen mit diesem Worte bezeichnet hat. Und dass dieser Stuhl speciell zum Gebären gebraucht wurde, geht daraus hervor, dass nach Hippokrates die Gebärende dann auf denselben gebracht wurde, ubi dolores partus maxime vexant (Lib. I. de morbis mulierum, cap. 67). Thatsache ist aber, dass dieser Stuhl zur Zeit des Hippokrates nur unter gewissen Verhältnissen gebraucht wurde; beispielsweise wurde die Gebärende bei zögerndem Abgange der Nachgeburt auf ihn gebracht, um letztere durch ein eigenthümliches Verfahren zu entfernen.

Später wurde der Gebrauch eines Geburtsstuhls allgemein bei den Entbindungen in der griechischen und römischen geburtshülflichen Praxis. Für die ersten geburtshülflichen Schriftsteller, welche ganz unzweifelhaft einen Geburtsstuhl beschrieben, hielt man bis vor einiger Zeit Artemidorus Daldianus und Moschion. Allein Pinoff wies nach, dass Soranus, dessen Fragmente er herausgab (und in Henschel's Janus ausführlich besprach), einen Geburtsstuhl so genau beschreibt, wie wir es kaum bei Eucharius Rösslin wiederfinden, und dass dieser Geburtsstuhl nicht blos zu Soranus' Zeit ein ganz gebräuchliches Instrument gewesen ist, sondern dass derselbe auch schon lange vor Soranus zu dem speciellen Zwecke und als Hülfsmittel bei der Geburt gebraucht wurde. Soranus führt nämlich einen Geburtsstuhl — δίφρον μαιευτικὸν ἢ καθέδραν — unter den verschiedenen Dingen auf, welche bei jeder Entbindung ausser zwei Betten (auf dem einen, härteren, sollte die Frau liegend gebären, auf das andere sollte sie bald nach der Entbindung gebracht werden) in Bereitschaft gehalten wurden. Die Beschreibung dieses Stuhls in des Soranus' Buch Περὶ Γυναικείων Παθῶν ist sehr ausführlich.

„In der Mitte des Stuhles muss ein halbmondförmiger verhältnissmässig weiter Raum ausgeschnitten sein, der weder zu gross, noch zu klein sein darf, so dass man bis zu den Hüften hinabsinken kann. Ist er zu eng, so wird die weibliche Scham gequetscht, und das ist schlimmer, als wenn die Oeffnung zu weit ist, denn diese kann man mit Lappen ausfüllen, die man daneben steckt. Die ganze Breite des Stuhles sei hinreichend, dass auch wohlbeleibte Frauen darauf Platz haben. Verhältnissmässig sei auch die Höhe, denn bei kleinen Frauen füllt eine untergesetzte Hütsche den fehlenden Raum aus. Die Seitenwände des Stuhles seien mit Bretchen bedeckt, die vordere und hintere Wand aber sei für den Gebrauch bei Entbindungen offen [1]).

---

[1]) Ermerins liest an dieser Stelle in seiner (1869 erschienenen) Ausgabe des Soranus, pag. 100, Zeile 12 nicht ἀπὸ, wie in den Codd. steht, sondern ὑπὸ; auch statt ἀνεῴχθη liest er ἀνεῴχθω. Er übersetzt: „De partibus vero, quae sub sede sunt, laterales assibus contegantur; anterior vero et posterior apertae sint, ad usum in re obstetricia, de quo dicetur.“ Durch diese Construction, welche dem Stuhle unten eine seitliche Verkleidung giebt, wird derselbe offenbar einem Leib- oder Nachtstuhl, wie er noch zu unserer Zeit hier und da gebräuchlich ist, ziemlich ähnlich.

Hinten aber sei eine Lehne, so dass Hüften und Weichen einen Gegenstand haben, denn wenn auch eine Frau hinten steht, so kann doch leicht durch eine widernatürliche Lage der Gebärenden die glückliche Geburt des Kindes verhindert werden. — Einige aber fügen noch zu den unteren Theilen des Stuhles eine nach aussen befindliche Walze hinzu, welche von beiden Seiten Handhaben und einen Nagel daran hat, um bei der Embryulcie Schlingen um die Arme oder andere Theile des Embryo zu legen, und nachdem sie die Enden derselben an den Nagel angebunden haben, den Zug zu bewirken. Diejenigen, die dies anrathen, wissen nicht das Allergewöhnlichste, dass nämlich die Embryulcie nur geschehen kann, wenn die Gebärende in einer liegenden Stellung sich befindet. Ein Geburtsstuhl soll aber so sein, wie er oben beschrieben worden, oder es kann auch ein Sessel sein, der vorn und hinten ausgeschnitten ist und eine Höhlung bildet." (Nach Pinoff's trefflicher Uebersetzung, Henschel's Janus II. 37. Vergl. Soranus, edit. Pinoff. pag. 86; edit. Fr. Z. Ermerins. pag. 99—101.)

Der hier beschriebene Geburtsstuhl war ein Apparat, an dem sich schon durch Erfindung mehr oder weniger raffinirter Nebenapparate der Verbesserungseifer neuerungssüchtiger Geburtshelfer versucht hatte, indem man ihn mit einer die Kraft des Geburtshelfers potenzirenden, für die Extraction des Kindes bestimmten Walze mit Kurbel versah. Dass schon vor Soranus der Geburtsstuhl gebräuchlich war, bezeugt dieser Autor selbst, indem er anführt, dass die beiden Schriftsteller Simon der Magnesier und Herophilus, welche vor ihm über Geburtshülfe schrieben, die Benutzung des Geburtsstuhls verwarfen, indem sie glaubten, dass die Kreisende auf demselben eine Dystokie erleide.

Weit kürzer als Soranus erwähnt Daldianus (Oneirocritica, edit. Reiff. Lips. 1805. Lib. V. 73) den Geburtsstuhl, welchen er $\delta i\varphi\varrho o\varsigma$ $\lambda o\chi\varepsilon\alpha\tilde{\iota}o\varsigma$ nennt. Moschion (edit. Dewez. Cap. 47. p. 132) nennt ihn $\delta i\varphi\varrho o\varsigma$ $\mu\alpha\iota\varepsilon\upsilon\tau\iota\varkappa\acute{o}\varsigma$ und beschreibt ihn als einen Stuhl, welcher einer $\varkappa\alpha\vartheta\acute{\varepsilon}\delta\varrho\alpha$ $\tau o\tilde{\upsilon}$ $\varkappa o\upsilon\varrho\acute{\varepsilon}\omega\varsigma$ ähnlich ist, d. h. einer sella tonsoria (ein Sessel, beim Haarschneiden und Barbieren benutzt), oder nach Dewez einem consularis sedes. Ausser diesem Stuhle sollen nach Moschion, wie auch Soranus schon empfahl, zwei Betten für die Gebärende bereit sein, als Lager für die Eröffnungsperiode und als Lager nach vollendeter Geburt. Uebrigens findet sich in dem mir jetzt nicht zugänglichen Buche des Caspar Bartholinus die Abbildung einer alten Votivtafel, welche eine Mutter auf einer Sella sitzend darstellt; Chr. Siebold hält diese Sella für einen Geburtsstuhl.

Während Celsus nirgends einen Geburtsstuhl erwähnt, vielmehr empfiehlt, bei Entfernung einer todten Frucht, die Gebärende mit erhöhtem Oberkörper auf ein Querbett zu lagern, spricht Galen (De facult. Lib. III. cap. 3) davon, dass die Hebammen die Gebärenden bei vorrückender Geburt auf einen Stuhl setzen; Paul von Aegina (Lib. III. cap. 76) giebt die Zeit genauer an, wo die Gebärende auf einen Stuhl gebracht werden soll.

Unter den A r a b e r n rieth Avicenna (Lib. III. Fen. 21. Tract. 2.

cap. 23), dass sich die Kreisende eine Stunde lang auf den Stuhl setzen soll; und Albukases (De affectibus mulierum in Collect. Gynaecol. Spach. Cap. 75. p. 443) empfiehlt den Stuhl bei schwerer Geburt.

Wir finden den Gebrauch des Geburtsstuhls in Europa im Mittelalter wieder, und vermuthen, dass er sich auf Grund jener geburtshülflichen Lehren der alten Griechen und Römer, sowie der Araber von früher Zeit her in der Hebammenkunst erhalten hat, wenn er auch in seiner Construction gewisse Veränderungen erfahren haben mag. So heisst es in einem elenden literarischen Machwerke, das dem Albertus Magnus im 13. Jahrh. untergeschoben ist (und entweder von Henricus de Saxonia oder von Thomas Brabantinus verfasst sein soll): „De secretis mulierum", dass in Deutschland und in Italien die Hebammen besondere Stühle mit Sitzausschnitt und niederen Füssen haben; der Stuhl ist in einer vom J. 1589 datirten Uebersetzung dieses Buches abgebildet und erinnert an den Geburtsstuhl des Soranus und Moschion. Es heisst da: „Unnd in hohen Teutschen Landen auch in Welschen Landen haben die Hebammen besondere stül darzu, wenn die Frawen geberen sollen, unnd nicht hoch, aber innwendig aussgenommen und hohl." Das Sitzbret ist hufeisenförmig, die Lehne dem Sitzbrette gemäss geschweift und stark zurücktretend. Zwei Klammern an den vorderen Rändern des Sitzbrets dienen zum Anhalten mit den Händen. — Eine andere genauere Beschreibung des Geburtsstuhls erhalten wir von Ortholffus (vergl. Ortholphus aus Bayerland, Arzneybuch teudsch, Nürnberg 1477), welcher sagt: „Und in wälschen Landen hat man besonder Stüll darzu wenn sy geberen wöllen"; diese Stühle haben nach ihm eine Rückenlehne, sind hinten mit Tüchern gepolstert und nicht hoch. — Eucharius Rösslin („Der Swangern Frawen und Hebammen Rosegarte", Wurms 1513) sagt: „Und in hochem teutschen Landen, auch in welschen Landen haben die Hebammen besond Stül darzu, wenn die Frawen geberen sollen." Man sieht, wie diese Stellen fast wörtlich miteinander übereinstimmen, dass aber auch keineswegs der Geburtsstuhl in Deutschland allgemein in Gebrauch war. In mehreren Ausgaben des Rösslin'schen „Rosegartens" (z. B. Augsburg 1529) ist der Geburtsstuhl abgebildet; er ist: „nit hoch, aber inwendig usgenommen", hat eine Rückenlehne und wird hinten mit Tüchern ausgefüllt. Einige Jahrzehnte darnach liefert Reiff („Ein schön Trostbüchle von den empfangknüssen und geburten

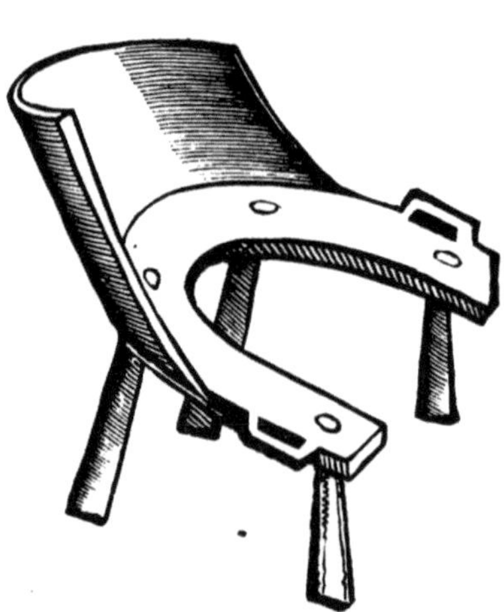

Geburtsstuhl nach Rösslin.

des Menschen" etc. Zürich 1554) eine noch genauere Beschreibung des nunmehr wohl schon mehr in Aufnahme gebrachten Geburtsstuhls.

In Zürich war — vielleicht auf Reiff's (oder Ryff's, wie er sich auch nannte) Veranlassung — die Hebamme darauf angewiesen, die Gebärende auf den Geburtsstuhl zu setzen, denn in dem dort 1554 gesetzlich eingeführten Hebammen-Katechismus heisst es: „Der Kindsstuhl der uns darzu verordnet worden ist" etc. (vergl. Meyer-Ahrens in Denkschr. d. medic.-chirurg. Gesellsch. d. Cantons Zürich. Zürich 1860. pag. 36).

Erst später brachten Einzelne, z. B. G. Welschius 1652, welcher zu Rom den dort gebräuchlichen Geburtsstuhl kennen lernte (vergl. Welsch, Curat. Med. II. Decad. VIII. pag. 472), verschiedene Veränderungen und Verbesserungen am Stuhle an. In Deutschland hing man dann sogar, wie es scheint, fester am Gebrauche des Geburtsstuhls, als in anderen Ländern. Wenigstens deutet hierauf die (mit einer Illustration des im vorigen Jahrhundert gebräuchlichen und mit einer völlig zurücklegbaren Rückenlehne versehenen Geburtsstuhles erläuterte) Stelle in Laur. Heister's „Chirurgie" (2. Aufl., Nürnberg 1724. p. 738): „In vielen Ländern pflegen die Weiber nur im Bett liegend zu gebären; in Teutschland aber pflegt man sie meistens auf einen besonderen hierzu dienlichen Stuhl zu setzen." So hatte man denn zu Heister's Zeit wohl bei anderen Völkern schon den Geburtsstuhl abgeschafft, während man in Deutschland ihn nicht blos bis zu Ende des vorigen Jahrhunderts (Chr. Themel), sondern auch noch bis in unser Jahrhundert auf Empfehlung Fried's, Röderer's, Stein's und Anderer vielfach benutzte. Ja manche deutsche Geburtshelfer gaben ganz besondere Arten von Geburtsstühlen an: G. W. Stein, Kurze Beschreibung eines neuen Geburtsstuhles und Bettes etc. Cassel 1772; F. B. Osiander, Abh. v. d. Nutzen und d. Bequemlichkeit eines Steinischen Geburtsstuhles. Tübingen 1790, und dessen Handb. d. Entbindungskunde. 2. Aufl. II. 1830. p. 111. — Andere, z. B. die Siegemundin, Reuss, Fielitz, Wigand, Faust erfanden besondere „Geburtsstuhlbetten" (Wigand, Ueber Geburtsstühle und Geburtslager. Hamburg 1806. — B. C. Faust, Guter Rath an Frauen nebst Beschreibung etc. Hannover 1811). Boër und andere tüchtige Geburtshelfer hielten dagegen das Lager auf dem Bette für das Vortheilhafteste.

Obgleich nun schon seit geraumer Zeit in allen geburtshülflichen Anstalten und von den Aerzten in der Neuzeit der Gebrauch des Geburtsstuhls verpönt ist, wird doch noch in unseren Tagen in Deutschland von einigen Hebammen der Geburtsstuhl benutzt. Noch vor Kurzem lebte in Berlin eine Hebamme, die sich mit diesem Möbel zu den Gebärenden verfügte; ich kenne auch noch einige andere Orte Preussens, in welchen noch während des vorigen Jahrzehntes die Entbindung auf dem Stuhl vorgenommen wurde. Aus 'der Schweiz berichteten Werdmüller (Monatsschr. f. Geburtsk. 1865. IV. p. 295), dass im Canton Zürich, und Spöndli („Die unschädliche Kopfzange", Zürich 1862. p. 32 und 37), dass in der Stadt Zürich der Geburtsstuhl noch hier und da gebräuchlich ist; Spöndli traf selbst mehrere Male die Gebärende auf demselben an. „Im Frankenwalde", schreibt Flügel („Volksmedicin und Aberglaube im Frankenw.". 1863. p. 48) „ist der Geburtsstuhl oder eine andere Vorrichtung zum Si noch ziemlich gebräuchlich.“ In der Pfalz war um 1842 der Geburtsstuhl nach Pauli („Die in d. Pfalz gebräuchl. Volksheilmittel.“ p. 99) gleichfalls noch ganz beliebt.

In England scheint nach Rigby (Schm. Jahrbb. Bd. 99. p. 311) die sitzende Stellung bis in das vorige Jahrhundert beibehalten worden zu sein. Auch Smellie (1752) erwähnt, dass in den entlegenen Gegenden Englands die Gebärenden auf halbcirkelförmigen ausgeschnittenen Stühlen sitzen, während an anderen Orten die Kreisenden von anderen Frauen auf den Schooss genommen werden, oder auch knieend und von hinten entbunden werden. Die Engländer scheinen jedoch früher, als die Deutschen das Liegen im Bett (d. h. die Seitenlage) dem Sitzen auf einem Stuhle vorgezogen zu haben. Denn gegen Ende des vorigen Jahrhunderts bezeichnet J. C. Gehler (Diss. De partur. situ ad partum. Prolusio atlera. Lips. 1789. p. VII) das Liegen im Bett als „die Sitte der Engländer“, indem er sagt: „Anglorum consuetudo, qua parturiens in lecto vel vulgari ac sibi solito, vel peculiari in hunc usum fabrefacto, non supina, sed vel in dextrum vel sinistrum latus provoluta, partum perfecit“.

In Holland benutzte man während des 17. u. 18. Jahrhunderts noch ganz allgemein besondere Geburtsstühle. Van Solingen empfiehlt sowohl in seinem Werke über operative Geburtshülfe (1673), als auch in seinem Hebammenbuche (1684) den Gebrauch des Geburtsstuhls ausdrücklich. Und im Anfang des vorigen Jahrhunderts gab van Deventer seinen beweglichen Geburtsstuhl (Sella parturientium perforata) an, der nach Bedürfniss zum Liegen und Sitzen eingerichtet werden konnte.

In Frankreich bedienten sich zu den Zeiten des Ambr. Paré (1573) manche Frauen eines eigenen Geburtsstuhls. (Er selbst ordnete eine halbliegende, halbsitzende Lage im Bett an, mit erhöhtem Rücken und Kreuz, wobei die Füsse so gekrümmt werden mussten, dass die Fersen an den Hinterbacken lagen.) Die L. Bourgeois erwähnt im Anfang des folg. Jahrhunderts in ihrem Hebammenbuche den Geburtsstuhl gar nicht, sondern empfiehlt nur eine halbsitzende Lage im Bett. Das Titelbild der zu Hanau erschienenen deutschen Uebersetzung ihres Hebammenbuches von M. Merian zeigt eine Geburt auf dem Stuhle. Ueber die Verbreitung des Geburssstuhls zu Ende des vorigen Jahrhunderts sagt J. C. Gehler (in s. oben cit. Diss. p. VIII.): „Est illud (sellarum obstetr. genus) in tota nostra Germania Bataviaque usitatissimum, et licet ejus usus in Gallia nostris temporibus paululum obsolevisse videatur, eo tamen Gallicas feminas olim multo frequentius, quam lecto usas esse, multi praeteriti aevi celebres scriptores commemorant.“ Unter den Landleuten des Dept. de la Creuse in Frankreich im Arrondissement von Bourganeuf haben nach Legros (Gaz. des hôp. 1864. 73. p. 290) die Frauen noch jetzt die Gewohnheit, auf einem Stuhle sitzend zu gebären, und das Kind wird in einem vor die Geschlechtstheile gehaltenen Tuche aufgefangen.

Nach Spanien gelangte der Gebrauch des Geburtsstuhls jedenfalls schon früh durch die Araber, deren Aerzte ihn gewiss auch dort im Volke einführten. Vielleicht ist er noch jetzt dort heimisch, mindestens sagt Hureau de Villeneuve (Thèse. Paris 1863. p. 31): „Les Espagnoles se servent souvent d'une sorte de fauteuil ouvert par devant."

Werfen wir einen Rückblick auf diese Untersuchungen, so finden wir hinsichtlich der Verbreitung des Geburtsstuhls in früherer Zeit, dass sich vielleicht die J u d e n der Bibel, jedenfalls aber die Juden zur Zeit des Talmud desselben als eines unter ihnen allgemein verbreiteten Apparates bedienten; dass die alten G r i e c h e n einen Geburtsstuhl benutzten, wenn auch nur für gewisse Zwecke bei der Geburt und nicht bei allen Entbindungen; dass die R ö m e r den Geburtsstuhl allgemein in Gebrauch und vielleicht von den Griechen überkommen hatten; dass er dann in ganz ähnlicher Form, wie bei den Römern sich in allen Ländern, welche unter dem Einflusse der a r a b i s c h e n Aerzte standen, heimisch machte; dass ihn die D e u t s c h e n und I t a l i e n e r im Mittelalter benutzten, besonders die letzteren; dass er namentlich im 15. Jahrhundert in D e u t s c h l a n d, dann auch in E n g l a n d an Ausbreitung gewann und hier wie in den übrigen Ländern Europa's bis, in unser Jahrhundert sehr verbreitet war.

Ueberall dort, wo das Sitzen der Kreisenden auf einem Stuhle in Gebrauch ist, w i r d a u c h e i n e b e s t i m m t e Z e i t a n g e n o m m e n, zu welcher die Gebärende auf den Stuhl gebracht werden muss. So heisst es in einer chinesischen Abhandlung über Geburtshülfe (übersetzt von v. Martius, pag. 42): „Wenn die Gebärende fühlt, dass das Kind sich bewegt, und sobald die Knochen derselben von einander gehen, dann muss sie sich schleunigst auf das L a g e r begeben und sich recht mitten auf den Rücken legen." Auf S. 35 jener Abhandlung ist die Art des Lagers näher beschrieben: „Am zweckmässigsten ist es, wenn sich die Gebärende auf den Rücken hinstreckt, das Kreuz und den Kopf durch Polster unterstützt, auf dass der Magen Freiheit hat und das Kind sich nach Willkühr in der Mutter bewegen kann." Ueber die Zeit, in der die Frau auf den Stuhl gebracht werden soll, heisst es auf S. 42: „Sowie nun das Kind sich umgewendet und nach hinten gekehrt hat, werden auch alsbald die Geburtswehen bei der Mutter zunehmen. Ist dieses der Fall, so nehme man den mittelsten Finger an der rechten Hand der Kreisenden und besehe den Puls desselben. Bemerkt man nun a n der W u r z e l d e s F i n g e r s e i n s t a r k e s K l o p f e n, so setze sich die Gebärende ohne weiteren Zeitverlust und ohne alles Zaudern auf den S t u h l, strenge sich einige mal gehörig an, und das Kind wird so schnell zur Welt kommen, dass die Mutter es selbst kaum begreifen wird." Ganz ähnlich lauten die Lehren in den von J. Rehmann herausgegebenen „Zwei chinesischen Abhandlungen über Geburtshülfe" (pag. 36): „In der Abhandlung Sin-jei-wann-schi-jaem ist gesagt: wenn die Frau fühlt, dass das Kind sich bewegt, so muss sie sich gerade auf den Rücken legen; und wenn das Kind sich nach unten umgekehrt hat, und die Wehen zunehmen, so nehme und besehe man bei der Gebärenden den mittelsten Finger, und wenn an der Wurzel desselben ein Klopfen bemerkt wird, so setze man sie ohne weiteren Zweifel auf den Stuhl, denn die Zeit der Geburt ist da." Wie die Pulslehre der Chinesen, die wir durch Cleyer[1]), Dabry[2]), Pfizmaier[3]) u. A. kennen lernten, in ihrer Pathologie, so spielt das Fingerklopfen in ihrer Geburtshülfe eine (zwar nicht so grosse) Rolle.

Auch in Persien liegt, wie mir Dr. Polak, der ehem. Leibarzt des Schah's von Persien, schrieb, während der ersten Zeit der Geburt die Kreisende auf Polstern; kommen dann starke Wehen, so wird die Position verschieden und häufig muss sich dann die Gebärende in die den Orientalen eigene sitzende oder hockende Stellung mit untergeschlagenen Beinen begeben, doch muss die Frau auch während dieser Geburtsperiode in einer später zu beschreibenden Weise hocken.

Nach Ansicht des talmudischen Rabbinen Abaje muss die Gebärende dann auf den Stuhl kommen, wenn sich der Muttermund eröffnet hat (A. H. Israels, Diss. hist. med. pag. 132).

Hippokrates (Lib. I. de morbis mulierum. cap. 67) liess die Gebärende dann auf den Stuhl setzen, ubi dolores partus maxime vexant.

Soranus giebt als Zeitpunkt für das Sitzen auf dem Geburtsstuhl an, wenn die Eröffnung vollbracht ist und das Springen der Eihaut bevorsteht (quo vero tempore orificium uteri dehiscat et chorii ruptura immineat; Pinoff ed. Soranus, pag. 25; derselbe im Janus II. 28). Bis dahin soll die Gebärende, wenn ihr Unterleib gross und nach vorn gerichtet ist, eine zurückgebogene Lage annehmen und dabei die Schenkel auseinander bringen, die Füsse aber aneinander ziehen, so dass die Hebamme zwischen den Schenkeln sitzen kann. Unter die nates muss eine Unterlage gebracht werden, damit die Geschlechtstheile sich nach abwärts neigen. Wenn die Gebärende schwach und angegriffen ist, so muss sie im Bette bleiben; denn diese Art zu gebären ist nach Soranus sicherer und weniger gefährlich.

Der Zeitgenosse des Soranus: Moschion hat die gleiche Ansicht wie dieser, giebt aber als Indication zum Transport auf den Geburtsstuhl die Eröffnung des Muttermundes auf Eigrösse an (cum vero chorion ad ovi magnitudinem in orificio uteri protuberans invenerimus, eam in sedile transferemus; Moschion, Cap. 49). Aehnlich sprechen Galen (De naturalibus facultatibus), Aëtius (Porro tempus collocandi puerperam in sellam est: quum uteri osculo aperto digitis occurrerit ac prominuerit id quod praerumpi solet; Aëtius, Tetrab. IV. Sermo IV. Cap. 22) und Paulus Aegineta (Tempus autem desessus in sellam est, quum osculum uteri apertum digito occurrerit et praeruptio prominuerit. P. v. Aeg., De re medica. Lib. III. Cap. 76).

Im Anschlusse an Moschion giebt ferner Scipione Mercurio im Anfang des 17. Jahrhunderts die Eigrösse des Muttermundes als Kriterium für die Zeit an, wo man die Gebärende auf den Stuhl bringen muss.

---

[1]) Andreas Cleyer, Specimen medicinae sinicae. Frankfurt 1682.
[2]) La Médecine chez les Chinois par le Capit. P. Dabry etc. Paris 1863.
[3]) Pfizmaier, Dr. Aug., Die Pulslehre Tschang-Ki's. Aus den Sitzungsberichten der k. k. Akademie der Wissensch. z. Wien. 1866.

So bezeichnen auch **deutsche** Geburtshelfer, z. B. Welsch (in Leipzig in seiner Uebersetzung des Buches „La commare" von Scipione Mercurio 1653, pag. 243), den Zeitpunkt zum Gebrauche des Geburtsstuhls, wenn die Hebamme „in der Natur eine Grösse eines Hühner-Eies fühlt". Es heisst dort:

„Siehet nun eine Kindermutter itzt gedachte Zeuchen und Vorboten zur Geburt, so soll sie sich absobald fertig machen, zu helfen und ihr Amt anzutreten, Welches auf dreierlei arth und weise, entweder im Bette, oder auf dem Stuele oder auch, wenn es die hohe Noth und eusserstes Armuth der Schwangern nicht anders leidet, auf den Knien oder Schoosse einer andern Frau geschieht und verricht wird. Wenn die Geburt entweder aus Schwachheit der Gebärenden oder sonst anderer Ursachen halben im Bett muss verricht werden, so soll alsdann die Kindermutter verschaffen, dass die schwangere Frau in dem Bette mit dem Leibe fein hoch gelegt werde, zu dem Ende ihr unter den Rücken Küssen zu legen, die Füsse aber muss sie von einander thun und zu sich ziehen" etc. — „Und wann auch gleich die Geburt auf einer Bank oder Stuel soll verricht werden, kann sie dennoch die schwangere Frau so lange im Bette halten, und ruhen lassen, bis sie in der Natur eine Grösse eines Hühner-Eis fühlt und empfindet, und alsdann kann der Stuel fertig gemacht und unten herum mit einem Tuche fest bedeckt werden, damit die Luft nicht hineinkomme."

Das **Sitzen** der Gebärenden findet aber auch in ganz besonderer Weise statt, nämlich **auf dem Schoosse einer Person.** Schon im **alten Rom** sassen die Gebärenden, wenn es an einem Geburtsstuhle fehlte, auf den Schenkeln einer Frau. In seinem Hebammenbuche lehrte Moschion ausdrücklich, sich in solcher Weise zu behelfen. Er sagt (edit. Dewez. pag. 21): Ἔνδα δὲ δίφρος μαιευτικὸς οὐκ ἔστι μὴ τυχόντος τοῦ τῆς γυναικὸς, ἀπομηρῶςω δεινῶς ὀφείλει, ὅπως ἐκεῖσε τέξῃ (ubi vero sedile obstetricium non habetur, alterius mulieris insidens femoribus strenue detineatur, ut ibidem pariat). — Noch lange wirkte diese Lehre Moschion's nach. Unter Anderen adoptirte dieselbe im Anfange des 17. Jahrhunderts der aus Rom gebürtige, in Bologna und Padua zum Arzt gebildete, vielgewanderte, zuletzt in Venedig (1601—1616) lebende Scipione Mercurio, in seinem rein compilatorischen Werke „La commare o raccoglitrice". Und indem der Leipziger Professor G. Welsch dieses letztere Werk in's Deutsche übersetzte (Leipzig 1653), führte er, wie es scheint, die Lehre auch in **Deutschland** ein, denn es heisst bei ihm in der oben angeführten Stelle pag. 243, dass die Gebärende statt auf einem Stuhle auch „wenn es die hohe Noth und eusserstes Armuth der Schwangern nicht anders leidet, auf den Knien oder Schoosse einer andern Frau" sitzen soll. Selbst noch Röderer zog das Sitzen der Gebärenden auf den Schenkeln einer Frau dem Sitzen auf einem Stuhle in solchen Fällen vor, wo die Gebärende schwach ist. Und in **Frankreich** war de la Motte (Traité etc. 1721. Liv. II. chap. 12) ein warmer Fürsprecher dieser eigenthümlichen Lagerung der Kreisenden.

In Holland war einst die Sitte, auf dem Schoosse zu gebären, wie es scheint, so allgemein, dass man daselbst nach dem Zeugnisse van Solingen's (vgl. Corn. van Solingen's Handgriffe der Wundartznei nebst dem Ampt und Pflicht der Wehmütter. Frankfurt a. d. O. 1693. Cap. XXV, p. 649) besondere Frauen, Schoot Steers genannt, hatte, auf deren Schoosse die Frauen niederkamen. Und in England und Norddeutschland fand man die gleiche Sitte im vorigen Jahrhundert nicht selten; auch ist sie daselbst noch bis in unser Jahrhundert hinein geblieben. Von England bezeugen dies Smellie (1760) und David Spence. Smellie erwähnt nämlich, dass in den entlegnern Gegenden Englands die Gebärenden auf halbcirkelförmig ausgeschnittenen Stühlen sitzen, während an andern Orten die Kreisenden von andern Frauen auf den Schooss genommen wurden, oder auch knieten und von hinten entbunden wurden (E. Rigby, Med. Times and Gaz. Oct. 1857). Aus Norddeutschland berichtet Nissen in seiner „Beschreibung eines sehr bequemen, einfachen und wohlfeilen Entbindungslagers" (Hamburg 1801. pag. 9): „In mehreren Gegenden Holstein's und noch kürzlich in einem Dorfe im Kisdorfer Walde des Kirchspiels Kaltenkirchen habe ich folgende sehr auffallende Entbindungsweise gesehen: Eine sehr starke Person männlichen oder weiblichen Geschlechts nimmt die Kreisende auf den Schooss und giebt sich dadurch selbst zum Geburtslager her." Nicht minder bürgerte sich dieselbe Sitte in Mitteldeutschland ein. Denn nachdem sie, wie schon angeführt, von Prof. G. Welsch zu Leipzig durch die im J. 1653 erschienene Uebersetzung von Scip. Mercurio's „Hebammenbuch" als eine empfehlungswerthe Entbindungsweise für solche Geburtsfälle hingestellt worden war, wo es an einem Geburtsstuhl mangelt, wurde sie auch noch später von anderen Verfassern von Hebammenbüchern als sehr zweckmässig gerühmt; die Hebammen nahmen solche Belehrung an und verbreiteten dann den Gebrauch, dass sich die Gebärende auf die Kniee einer Person setzt, weiter im Innern Deutschlands. Unter Anderen erwähnt J. Chr. Themel in seiner „Hebammenkunst", Leipzig 1747, pag. 107, diese Entbindungsmethode und setzt hinzu: „Zu Solingen's Zeiten hatte man eigene Frauenspersonen, so man Schoot-Steers genannt gehabt, die sich statt eines Stuhles gebrauchen lassen und auf deren Schoosse die Frauenspersonen ihre Kinder bekommen. Ob diese Sitte noch so ist, weiss ich nicht, genug sie ist schön und ich habe in unterschiedenen Fällen aus Noth dergleichen wählen müssen." Also auch nur aus „Noth" benutzte Themel einen Menschen als Stuhl. Allein wohl bald machten die von ihm belehrten Hebammen aus der Noth eine Tugend. Themel selbst practicirte im sächsischen Erzgebirge (Annaberg) und dort mag sich seine Lehre bei den Hebammen und im Volke traditionell erhalten haben. Zwar verwarfen die deutschen Geburtshelfer in den gegen Ende des vorigen Jahrhunderts erschienenen lateinischen Dissertationen die schon ziemlich verbreitete Sitte, z. B. J. C. Gehler (Prof. zu Leipzig, in seiner Diss. de parturientis situ, Lips. 1789. p. VII);

allein dergleichen (mitunter sehr gelehrte) Abhandlungen gingen an
den ihrer Gewohnheit folgenden Hebammen spurlos vorüber. So deute
ich die Erscheinung, dass man in jenen Gegenden diese Sitte noch
in unserm Jahrhundert vorgefunden hat. Einst kam Dr. Jul. Schmidt
(Hufeland und Osann's Journal der prakt. Heilk. 1834 Jan. p. 84. 85;
Schmidt's Jahrb. Bd. V. p. 301) im Vogtlande zu folgender Scene:
„Der Kreisenden Vater, ein grosser dicker Mann, musste sich lehnend
auf einen Stuhl setzen und die Gebärende auf den Schooss nehmen;
diese sass ziemlich bequem auf dessen dicken Schenkeln und legte
ihren Kopf auf des Vaters Brust; jener umschlang sie dagegen, erhielt sie fest in der Lage; an Anstützpunkten für die Hände bei den
Wehen fehlte es der Kreisenden nicht, und ihre Füsse stemmte sie
auf kleine Bänkchen. Da die Gebärende diese Lage am liebsten
annahm, trug ich kein Bedenken, sie ihr bei neu eintretenden kräftigen Wehen beibehalten zu lassen, indem der Vater recht gut die
Stelle eines Geburtsstuhls zu vertreten schien. Der Kreisenden Vater
wischte sich, als er von seiner Bürde erlöst war, den Schweiss von
der Stirne und äusserte: ‚Er wolle lieber Holz hacken, als dies Ge-
schäft verrichten‘.“

Höchst anstrengend muss allerdings die Situation für den Mann
sein. Allein die Noth macht erfinderisch, und so kam es denn, dass
ein Mann, den man gewöhnlich dazu benutzte, die Gebärenden auf
seine Schenkel zu setzen, und dieselben in dieser Stellung zu halten,
die Construction eines primitiven Geburtsstuhls ersann, um von jenem
sauren Geschäfte künftig befreit zu bleiben. Hofrath Metzler (Jenaisches
Archiv f. Geburtsh., u. G. M. Redslob, Diss. de Hebraeis obstetri-
cantibus. Lips. 1835, pag. 11) traf nämlich einmal in einem Dorfe
einen Geburtsstuhl an, der sein Dasein dem so eben beschriebenen
Aufeinandersitzen beim Gebären zu verdanken hatte. Dieser Stuhl
gehörte einem Zimmermanne, der ihn auch selbst verfertigt hatte, ohne
in seinem Leben einen eigentlichen „Geburtsstuhl“, wie er damals noch
häufig genug in Gebrauch war, gesehen zu haben. Ehedem wurde
seine Frau allemal am leichtesten entbunden, wenn er sie mit aus-
gespreizten Schenkeln auf dem Schoose hielt; nach und nach verbreitete sich im Dorfe sein Ruf und bald war kein Weib im Dorfe,
die nicht auf seinem Schoose gebären wollte. Er wurde aber der
Sache überdrüssig und dachte daher auf ein Werkzeug, das seine
Stelle vertreten sollte. „Ei“, sagte er, „da hätte ich viel zu thun,
wenn ich jedem Narren sitzen müsste, der auf mir kälbern möchte“, —
und so erfand er den Geburtsstuhl. Diese Erzählung zeigt recht
deutlich, wie man zu Solingen's Zeit dahin gekommen sein mag,
gewisse geeignete Personen als Schoot-Steers regelmässig zum Schooss-
sitzen zu benutzen. Auch verdankt vielleicht der Geburtsstuhl überhaupt einer solchen Veranlassung seine ursprüngliche Entstehung.

Aber auch anderwärts in Deutschland sah man Frauen auf dem
Schoosse eines kräftigen jungen Mannes niederkommen, z. B. Suchier
im J. 1836 (v. Siebold's Journ. XIV. Heft 2, und J. J. Sachs' Med.
Almanach f. 1837. Berlin 1837. p. 239). — Und noch jetzt herrscht,
wie ich höre, in Norddeutschland im Volke der Glaube, dass auf

dem Schoosse des Mannes leichter zu gebären sei. Dieser Glaube ist, wie Dr. med. Flügel (Volksmedicin und Aberglaube im Frankenwalde. pag. 48) schreibt, im Frankenwalde zwar „nicht unbekannt", jedoch kaum geübt.

Während diese Methode, auf dem Schoosse einer Person sitzend zu gebären, bei uns in Europa nur vereinzelt vorkommt, ist sie bei Völkern in Asien und Afrika ganz allgemein gebräuchlich. Bei den Kalmücken sitzt die gebärende Frau auf den Knieen eines jungen kräftigen, zuvor vom Ehemann gut bewirtheten Mannes, welcher die Kreisende mit beiden Armen umfasst und den Leib von Oben nach Unten streicht (R. Krebel, Volksmedicin etc. p. 55; H. Meyerson, Medic. Zeitg. Russl. 1860. 24. p. 189).

Ferner setzt sich bei den Beduinen die Kreisende auf die Kniee einer auf der Erde mit ausgebreiteten Schenkeln sitzenden Frau, die das Kind in einem Siebe auffängt, welches die helfende Frau untergelegt hat. Mayeux, welcher dies berichtet (in seinem Buche über die Beduinen III. 176), sagt nämlich: „Ces femmes (les matrones), assises à terre les jambes étendues, prennent la mère sur les genoux et reçoivent son fardeau dans un tamis placé entre leurs cuisses."

Dass es noch manche andere bei verschiedenen Völkern vorkommende sitzende Stellungen geben mag, ist nicht unwahrscheinlich. Doch führen wir hier nur noch an, dass, wie mir Dr. Polak einst brieflich mittheilte, in einigen Gegenden Persiens die Frauen auch mit untergeschlagenen Beinen nach orientalischer Weise sitzend gebären.

Eine Hieroglyphe, welche sich oft wiederholt, und auf welche mich der bekannte Aegyptolog Prof. Ebers (Leipzig) aufmerksam machte, lässt vielleicht eine Deutung auf die Stellung der Frauen der alten Aegypter bei der Geburt zu. Diese typische Hieroglyphe stellt offenbar eine gebärende Frau dar; dieselbe kniet oder sitzt mit untergeschlagenen Beinen, während unter den Schenkeln Kopf und Arme des Kindes zu Tage treten. Das hieroglyphische Zeichen wurde überall als „Determinativ" angebracht, wo im vorausgehenden Satze auf den Gebäract sich Beziehendes enthalten war.

Das Stehen.

Die aufrechte Stellung der Gebärenden ist bei einigen Völkerschaften die allgemein gebräuchliche. So werden unter den Hindu's die Frauen meist in aufrechter Stellung entbunden (J. A. Roberton, Oppenh. Zeitschr. 1847. V. 6). Der Missionär Beierlein, der seit längerer Zeit in Indien lebt, theilte mir mündlich mit, dass er auf den alten indischen Denkmälern in Madras Abbildungen gefunden habe, auf denen die Niederkunft einer Frau dargestellt ist; auffallender Weise steht auf diesen Reliefbildern die Gebärende, welche ganz nackt ist und unter den Schultern rechts und links von zwei nur spärlich bekleideten Frauen unterstützt wird, während eine dritte

Frau unmittelbar vor ihr zum Empfangen des Kindes kniet. Durch die auf diesen Bildern dargestellte Scene auf den Gegenstand aufmerksam gemacht, zog Beierlein darüber Erkundigungen ein, wie man sich überhaupt noch jetzt in Indien, namentlich in der von ihm besuchten Prozinz Madras bei der Entbindung verhält. Hier erfuhr er denn, dass sämmtliche Frauen an der Ostküste Indiens noch jetzt stehend gebären und dabei in ähnlicher Weise unterstützt werden, wie jene uralten Abbildungen zeigen. Ich bin nun kaum in Zweifel darüber, wie man sich die dreifache Thatsache erklären soll, dass 1) die altindischen Denkmäler die Gebärenden s t e h e n d abbilden; dass 2) nach Suçrutas Ayurvedas die altindischen Frauen l i e g e n d gebaren, und dass 3) die Frauen der heutigen Bewohner der Ostküste Ostindiens s t e h e n d entbunden werden. Ich bin nämlich überzeugt, dass unter den Ureinwohnern Ostindiens nach Zeugniss der Denkmäler die Sitte herrschte, dass die Frauen stehend gebaren; die sanskritsprechenden, von Norden her in die ostindische Halbinsel, insbesondere an den Küsten derselben hin eindringenden Arier brachten wahrscheinlich das Liegen der Gebärenden nach Indien; da sie sich selbst jedoch und ihre Sitten blos im Norden Indiens verbreiteten, während die Stämme im Süden, welche die Drawida-Sprache reden, ihre alten Gebräuche beibehielten, so ist es erklärlich, dass man noch heute in den Gegenden Indiens, in welche die Lehren des altindischen Arztes Suçruta überhaupt nicht hindrangen, die aufrechte Stellung der Gebärenden vorfindet.

Während bei den Hindu's die stehende Gebärende rechts und links unter den Armen von Frauen unterstützt wird, giebt es Völker, bei denen die Frauen ebenfalls stehend das Geburtsgeschäft abmachen, ohne dieser Hülfe zu bedürfen. Die ganz allein und ohne alle Hülfe niederkommenden N e g r i t a s auf den P h i l i p p i n e n stellen sich hin, den Unterleib auf ein Bambusrohr stützend und stark drückend, um hierdurch den Austritt des Kindes zu beschleunigen (Mallat, Les Philippines. 1846; vgl. Henschel's Janus. 1847. II. pag. 820). In ethnographischer Hinsicht ist es gewiss interessant, dass die Urbewohner sowohl der indischen Halbinsel, als auch der Philippinen den Gebrauch der aufrechten Stellung beim Gebäract haben, indem man vermuthet, dass die kraushaarigen indisch-australischen Völker, welche unter den verschiedenen Namen je nach den Orten ihres Vorkommens als Negritos, Australneger, pelagische Neger, Papuas, Arfakis u. s. w. aufgeführt werden, wahrscheinlich einst die Urbevölkerung des indischen Festlandes bildeten (von den Samang und Bila in den Gebirgen Hinterindiens ist dies sicher), und wahrscheinlich einen Stamm bilden mit den Menschen, die auf den Andamanen-Inseln, Philippinen, Neuguinea, den neuen Hebriden, Neucaledonien u. s. w. leben, und sich durch ihr krauses Haar von den schlichthaarigen indisch-australischen Völkern (den Alfurus, Haraforas, Endamenes, Dayaks) des indischen Archipels (zum Theil mit ihnen gemischt auf denselben Inseln wohnend) unterscheiden.

Ueber die V o l k s s t ä m m e in C e n t r a l a f r i k a, welche Dr. H. Barth besuchte, schrieb mir dieser berühmte Reisende, dass bei ihnen in vielen Fällen die Niederkunft stehend vor sich geht. — Und nach mündlichen Mittheilungen des Dr. J. H. Steinau, welcher lange Zeit am Cap der guten Hoffnung prakticirte, kommen die Frauen der Boers stehend nieder, wobei sie nicht selten Dammrisse erleiden.

Von den Indianerfrauen in Nordamerika berichtet ein Autor (in Unzer's Diss.: „Cur·feminis europaeis et illustr." etc. Göttingen 1771. pag. 34): „Les femmes des sauvages accouchent toutes debout ou étant à genoux."

Die stehende Stellung muss wohl auch in Frankreich Sitte sein; denn Godefroy warnt seine Collegen, der Gebärenden diese Stellung zu erlauben, indem er sagt: „Erlauben Sie der Frau nie stehend zu gebären, weil diese Stellung mehr als jede andere die Frau der Gefahr eines Blutverlustes, Vorfalls der Gebärmutter und den Zerreissungen des Perineum aussetzt; ausserdem ist sie für den Geburtshelfer ausserordentlich unbequem" (Revue de Thérapie 1864. No. 9. S. 227; Zeitschrift für Wundärzte und Geburtshelfer von Hahn und Heller. 1865. 4. Heft. pag. 288).

Aber auch selbst bei uns in Deutschland kommt die aufrechte Stellung der Gebärenden vor. So theilte mir unter Anderen der im Anfang des Jahres 1865 verstorbene Dr. Heinrich Freund in Oppeln mit, dass nach seinen Beobachtungen in Oberschlesien die Frauen der slavischen Bevölkerung dort, wo es keine gelernten Hebammen giebt, stehend gebären. Ja es wurde sogar einst von einem Arzte den Hebammen empfohlen, die Gebärende stehen zu lassen: Joh. Chr. Themel, welcher in Annaberg im sächs. Erzgebirge prakticirte und im J. 1747 in Leipzig (bei Joh. Gottfr. Dyk) eine „Hebammenkunst oder gründl. Unterweisung, wie eine Hebamme in ihren Verrichtungen vernünftig verfahren soll" erscheinen liess, hatte die sonderbare Ansicht, dass die stehende Haltung die beste bei der normalen Geburt sei. Er sagt (pag. 98 seines Buches): „Wenn nun eine Frau in so kräftigen Umständen ist, dass sie ausser dem Bette dauern und stehend ihr Kind haben will, so accommodire sich die Hebamme ihrem Willen, lasse eine starke Person hinter sie treten und sie halten, welche ihr die Arme zugleich fassen kann, damit sie nicht etwa während der Schmerzen jemand damit, auch wider ihren Willen, beleidige. Die Beine müssen wohl auseinander gesetzt, und damit sie solche nicht zusammenpressen kann, von zwei Personen oben bei den Knien gehalten werden. Sind diese beiden Personen, so die Beine halten, nicht vermögend, mit der andern flachen Hand den Leib gegen die Mitten in die Höhe zu heben, brauchet sie hierzu noch zwei Personen; sie aber, die Hebamme, bleibet vor der Frau knieend, oder auf einem Stühlchen sitzen" etc. Themel führt dann noch Alles weiter aus, was von den Gehülfinnen bei diesem Verfahren zu beobachten ist. Der Hauptvortheil, welchen dasselbe gewährt, soll sein, dass das Gewicht des Kindes zur Geburt desselben mithilft. Wir wissen freilich nicht, ob dieses Hebammenkunststückchen des D. Themel grössere als eine nur vorübergehende locale und temporäre Verbreitung im sächsischen Erzgebirge gewonnen hat.

Die Thatsache, dass bei mehreren Völkerschaften (Hindu's in Asien, Negritos auf den Philippinen, Neger in Centralafrika, Boers in Südafrika, Indianerstämme Nordamerika's) die Frauen im Stehen gebären, hat für uns eine praktische Bedeutung in gerichtsärztlicher Hinsicht. Da Hohl in Halle (in seinem Lehrbuche der Geburtsh. 2. Aufl. Leipzig 1862. pag. 443) für die gerichtsärztliche Beurtheilung der Fälle, in welchen die Gebärende stehend niedergekommen sein soll, sein Urtheil dahin abgiebt, dass das Niederkommen im Stehen nicht als möglich zu denken ist, so treten dieser Ansicht hiermit ganze Völker als Gegenzeugen gegenüber. Uebrigens wurde der Meinung Hohl's schon von Gerichtsärzten nach genauen Beobachtungen sehr bestimmt widersprochen, da nachgewiesen wurde, dass in neuester Zeit bei uns Frauen hier und da nicht blos im Stehen von der Entbindung überrascht wurden, sondern dass auch einige Frauen vorsätzlich die aufrechte Stellung beim Gebäracte als eine ihnen mehr zusagende wählten und während des Durchtritts des Kindes beibehielten. Vgl. Casper's Handbuch der gerichtl. Medicin, thanatol. Theil, S. 807; Klusemann in Casper's Vierteljschr. Bd. XII. Heft 2, u. Bd. XX. Heft 2. pag. 234; Dorien, daselbst pag. 259; Dr. J. E. Cohen van Baren, „Zur gerichtsärztl. Lehre von verheimlichter Schwangerschaft, Geburt u. d. Tod neugeb. Kinder." Berlin 1845. pag. 268 ff.

Jedenfalls berichtigt sich hiernach Hohl's Ausspruch: „Nirgends findet man eine sichere Nachricht darüber, dass das Gebären im Stehen Sitte gewesen wäre"; denn bei den von uns angeführten Völkern scheint doch diese Sitte zu bestehen. Ob dieselben jedoch glauben, dass die Frauen in dieser Stellung die Wehen besser verarbeiten können, oder dass hierbei das Gewicht und die Schwere des Kindes zu seinem schnelleren Austritt mitwirke, ist nicht bekannt.

Das Knieen.

Knieend kommen, wie ein älterer Beobachter (J. Ludolf 1681) mittheilt, die Abyssinierinnen nieder: Parturientes in genua procumbunt, atque ita infantes enituntur. Es ist daran zu erinnern, dass die Abyssinier (die Aethioper der Alten), welche zu den Syro-Arabern gehören, wahrscheinlich aus Asien stammen. In diesem Erdtheile ist aber das Gebären im Knieen sehr verbreitet. — Noch heute gebären so die Frauen auf Neuseeland (Hooker), in Tscherkessien (Stücker), Georgien, Armenien (Krebel) und einigen Gegenden Persiens (Polak). Die Maori-Frauen auf Neuseeland nehmen während der Geburt eine knieende Position an (the kneeling position); die beiden Kniee sind dabei einen Fuss von einander abstehend, sie ruhen auf einer Matte; der Oberkörper ist dabei vorwärts geneigt; in der Hand fasst die Gebärende eine harte Substanz, oder, wenn ihr geholfen wird, so umschlingt sie die Kniee der ihr helfenden Person, um dieselben gegen den oberen Theil ihres eigenen Unterleibs zu pressen (Hooker, Journ. of the ethnol. Soc. of London. 1869. 69).

Die Armenierin in Griechenland stützt, indem sie kniet, ihre Hände und Arme auf einen Stuhl, die Hebamme empfängt das Kind von hinten (Damian Georg in Athen). Nach Meyerson in Astrachan (Medic. Zeitung Russlands. 1860. p. 174) gebären auch fast alle Tartarinnen knieend.

Die Tartaren sind die meist nomadischen Völkerschaften der grossen mongolischen Zunft, und auch unter den Mongolen überhaupt scheint das Gebären in knieender Stellung vorherrschend zu sein, wenigstens giebt dies Hureau de Villeneuve (de l'accouch. dans la race jaune. Paris 1863. p. 32) an. Die Gebärende, welche die Hebamme während der ersten Wehen umhergehen, dann auch mit erhobenen Armen aufrecht stehen lässt, nimmt bei Beginn treibender Wehen die knieende Stellung an: Sie hält sich aufrecht gestützt auf ihre auseinandergespreizten Kniee; die auf die Schenkel gestemmten Hände dienen nach vorn als Stützpunkt für den Körper, welcher ausserdem noch von hinten durch die Gehülfin der Hebamme gehalten wird. Diese Gehülfin sitzt und unterstützt die Frau mit ihren Händen unter den Achseln, während ihre Brust einen Ruhepunkt für den Kopf der Gebärenden darbietet. Während dieser Zeit kniet die Hebamme auf einem Knie vor der Gebärenden und kann zwischen den Schenkeln derselben völlig hinreichend handthieren. Hureau de Villeneuve führt in seiner These mehrere Nachtheile, aber noch mehrere Vortheile an, welche die hier beschriebene Methode gewährt und vor der Rücken- oder Seitenlage voraus hat. Er giebt zu, dass die aufrechtknieende Stellung allerdings ermüdender ist, als diese, doch helfe diesem Uebelstande die Unterstützung durch die Hebammen-Gehülfin ab, welche mit ihren Armen unter den Achselhöhlen hinweg bis vor die Brust der Gebärenden greife. Er meint, dass durch diese Stellung die Bauchpresse vermittels der Unterleibsmuskeln viel mehr ermöglicht werde, die Hebammen hätten dann nicht so oft, wie bei der liegenden Stellung, nöthig, faule Frauen zum Mitpressen anzutreiben, und es sei endlich das Perineum nicht so sehr in Gefahr zu zerreissen. Der Kopf des Kindes habe, indem er der Beckenaxe folge und seiner eigenen Schwere gemäss nicht nach dem Damme zu, sondern nach der Oeffnung der Vagina hin seine Richtung nehme, den hintengelegenen Damm wenig zu pressen und auszudehnen. — Uebrigens versichert Hureau de Villeneuve, dass in Folge der mongolischen Stellung Gebärmuttervorfälle nicht vorkommen, weil man die entbundenen Frauen nicht etwa noch längere Zeit in der knieenden Stellung verharren lässt.

Allein nicht blos in Westasien, sondern auch in Ostasien finden wir den Gebrauch, beim Gebären zu knieen, denn die Kamtschadalinnen kommen knieend vor allem Volke nieder.

Und wie jene kaukasischen Völker (Tscherkessen, Georgier, Armenier) und die Turanier: Tartaren und Mongolen noch heute die knieende Stellung beim Gebären lieben, so kamen auch, wie es scheint, die Frauen der Pelasgischen Völker, welche im heutigen Griechenland wohnten, in dieser Position nieder. Hierauf scheint nämlich ein homerisches Gedicht hinzudeuten, denn in demselben stemmt sich Leto bei der Geburt des Apollo mit beiden Knieen gegen die Erde, während sie mit beiden Händen einen Palmbaum umklammert hält (Hymni Homerici rec. C. D. Illgen. Hal. 1796. Hymn. I. v. 117 und 118). Pausanias, Descriptio Graeciae. Lib. VIII, c. 48 giebt der Eileithyia, der Geburtsgöttin, den Beinamen „ἐν γόνασι“; dabei erzählt er, dass Auge, Tochter des Aleus, als letzterer sie in das Meer stürzen wollte, sich auf die Kniee niederliess und ihren Sohn Telephus gebar, an derselben Stelle, wo der Tempel der Eileithyia stand. Es giebt mehrere Abbildungen von knieenden Figuren, die man theils als Abbildungen der Eileithyia, theils als solche der Dii nixii deutet (vgl. Siebold's Vers. einer Gesch. d. Geburtsh. I. 57). Kurz wenn die Vermuthungen richtig sein sollten, so würde man auch die alten Pelasger zu jener Völkergruppe rechnen müssen, deren Frauen knieend gebären.

In Paris zeigte man dem verst. Dr. Röser, Leibarzte des Königs von Griechenland, nach mündlichen Mittheilungen desselben, ein altgriechisches Relief mit einer knieenden Frau, welches man als die Scene einer Entbindung deutete. Durch solche Darstellungen würde allerdings mehr und mehr bewiesen werden, dass die Frauen im alten Griechenland sich bei der Geburt gewöhnlich in knieende Stellung begaben. Allein Röser konnte, wie er mir sagte, die Auslegung des im Louvre befindlichen Bildes, dass es eine Niederkunft darstelle, nicht gerechtfertigt finden. Doch berichtete er mir, dass auch heute noch die Frauen in Griechenland hier und da knieend gebären. Auch Professor Damian Georg in Athen schrieb mir, dass die Griechinnen liegend oder knieend niederkommen.

Unter den Esthen muss die Frau, um die Geburt zu fördern, eine knieende Stellung einnehmen, oder sie wird auf den Schooss des Mannes gelagert, in schwierigen Fällen muss sie sich an den Armen aufhängen; auch wird der Leib gequetscht (Holst, Beitr. zur Gynaekol. II. 114).

Viele Engländerinnen liessen sich zu Smellie's Zeit knieend und von hinten entbinden; und zu Spence's Zeit liebte man in England hier und da die Knieellenbogenlage. Spence sagt nämlich, „dass sich einige Engländerinnen entbinden lassen, indem sie auf den Rand eines Bettes oder Stuhles knieen und sich mit dem Ellenbogen oder dem Körper darauf stützen“.

Im alten Rom, bei den alten Arabern und im Mittelalter in Deutschland wurde von den Geburtshelfern unter ganz bestimmten Umständen das Knieen der Frau als ein Erleichterungsmittel der Geburt angeordnet. Für dicke und fette Frauen riethen schon Soranus und später die Araber Jahiah Ebn Serapion und Rhazes, die in der ersten Hälfte des 9. Jahrhunderts lebten, die Knieellenbogenlage. Und Rösslin schreibt: „Ist aber die Gebärende feist, so soll sie sich auf ihren Leib, die Stirn auf die Erde legen und die Kniee an sich ziehen“.

Wir berichteten schon, dass nach den Angaben eines Autors auch die Indianerinnen Nordamerika's knieend (oder auch in aufrechter Stellung) niederkommen sollen. W. Marr (Reise nach

Centralamerika. Hamburg 1863. I. 275) sah, wie die Indianerweiber in **Nicaragua** knieend niederkamen.

Das Hocken oder Kauern.

Es kommen auch **hockende** oder **kauernde** Stellungen ·vor. Die Frauen der **Polynesier** und **Australneger** sollen nach den Berichten Reisender in der kauernden Stellung eines Menschen gebären, welcher die Defäcation im Freien verrichtet; hierbei halten diese Frauen ihre Geschlechtstheile über eine kleine Grube, die sie zuvor zur Aufnahme des zu erwartenden Kindes hergestellt haben. —

In **Persien** nehmen die Frauen, welche sich gewöhnlich während der ersten Zeit der Geburt auf Matten legen, in der Austreibungsperiode mannichfache Stellungen an; nach Polak begeben sie sich in eine „sitzende", d. h. nach orientalischer Weise mit untergeschlagenen Beinen, oder knieende, oder in eine von ihm mir mündlich näher beschriebene „hockende" Stellung, die man in Persien für die einzig richtige hält. Zu letzterer gebrauchen sie (Polak, Persien I. 219) 6 Ziegel-

Geburtsstellung der Perserin. (Nach Polak und Häntzsche.)

steine, von welchen 3 rechts, 3 links übereinander liegen, so dass eine Distanz zwischen ihnen bleibt; nun setzt in **Teheran** die Gebärende nach Polak's Beschreibung die Kniee rechts und links auf die Ziegelsteine und hockt in gekrümmter, kauernder Stellung (ita ut in defaecatione), wobei sie sich mit den Händen an die Umgebenden klammert. In **Persien** wird, nach Häntzsche, der seine Beobachtungen in der **Provinz Gilan** machte, die Kreisende herumgeführt, bis sie es nicht mehr aushalten kann. Sie legt sich dann ein Weilchen auf ihrem Lager am Fussboden eines ihrer Frauengemächer nieder. Bald aber rütteln sie die anwesenden Weiber wieder auf, und kann sie auf den Knieen, auf welchen in Persien alle, mit Ausnahme der Abendländer, sitzen, sich nur etwas aufrichten, so reibt die Hebamme Unterleib und Kreuzgegend. Tritt endlich der eigentliche Geburtsact ein, so muss die Frau mit beiden Knieen auf je drei übereinander gelegten Backsteinen hocken, während ihr zu Seiten die helfenden Frauen stehen und sitzen, die sie halten und streichen oder das Kind empfangen, und so gebärt sie in einer Stellung, die eher eine andere natürliche Verrichtung vermuthen liesse, als eine Geburt (Häntzsche, Zeitschr. f. Erdkunde). Die Perserin findet diese Stellung nicht lästig, weil sie von Kindheit an an eine ähnliche gewöhnt ist. Für Europäerinnen ist diese Stellung äusserst beschwerlich. Die persischen Hebammen halten aber streng darauf, dass die Frau in solcher Stellung verharrt, und dort, wo Polak eine andere Stellung anordnete, entfernte sich die Hebamme, weil sie, wie sie sagte, dann für nichts einstehen könne. Der Damm wird nicht unterstützt; selten ist Nachhülfe von Seiten der Hebamme erforderlich.

Das Schweben und Hängen.

An diese Stellung schliesst sich die hängende oder schwebende an, welche bald mit zusammengekrümmtem (hockendem), bald mit gestrecktem Körper vorgenommen wird.

Auf den Hacken am Fussende des Bettes kauernd und sich an eine Stange anhaltend, während von hinten her eine Frau mit ihren Armen die Gebärende zusammenpresst, kommen die Frauen der Kalmücken nieder, welche sich unter Umständen auch einem sie zusammenpressenden jungen Manne auf die Kniee setzen (Krebel, Volksmedicin, p. 55).

Die Russinnen gebären, indem sie sich an einer Querstange in der Schwebe halten und gleichsam das Kind aus sich herausschütteln (Krebel). Die Frauen der Esthen werden ebenfalls in der Schwebe gehalten und man sucht ihr Kind gleichfalls auszuschütteln.

Hängend, d. h. unter den Armen an einen Baum gebunden, gebären, wie ältere Beobachter berichteten, die Weiber bei einigen wilden Stämmen Südamerika's. Pater Och (bei Marr, Nachr. v. span. Amerika. I. 202) sah, dass etliche alte Weiber in Brasilien die Gebärende mit Stricken unter den Armen banden, an einem Baume aufbanden und so lange plagten, bis die Geburt vorüber war.

Die Frauen der Gurier liegen und erfassen im Augenblicke der Entbindung einen über dem Bette von der Decke herabhängenden Strick (Krebel, p. 105).

In Dâr-Fûr, einem Nillande, halten sich die Kreisenden an einem Stricke fest und erwarten mit gespreizten Beinen ihre Niederkunft (R. Hartmann, Naturg.-med. Skizze der Nilländer. 1866. p. 405).

In den Armen einer Person hängend fand man bisweilen die Gebärenden in Deutschland. Hohl (Lehrb. d. Geburtsh. 2. Aufl. 1862. S. 444) sagt: „Auf dem Lande ist es uns vorgekommen, dass der Ehemann hinter seiner kreisenden Frau stehend, sie umfasst hielt, damit sie im Stehen einige Wehen, besonders einige Treibwehen abwarten möchte und die Geburt beschleunigt würde." Hohl setzt hinzu: „Wir liessen es geschehen; welches Stück Arbeit für den Ehemann, da die Frau bei jeder Wehe ganz in seinen Armen hängt!" Ebenso versicherte mir Sanitätsrath Dr. Winckel in Gummersbach im J. 1865 mündlich, dass er am Rheine mehrmals die Gebärende in einer Stellung gefunden habe, bei der sie der Mann von hinten um die Brust umfasst hielt, während ·die Frau selbst, aufrecht stehend und vom Manne in der Schwebe gehalten, den Fussboden mit den Hacken berührte. Auch manche Engländerinnen liebten es, schwebend, d. h. einer Person am Halse hängend, zu gebären. David Spence (System der theoret. und prakt. Entbindungskunst. A. d. Engl. Schweinfurt 1787. p. 120) sagt, dass es bei den Frauen im Norden Englands Gebrauch ist, dass sich die Gebärende an den Hals einer Person hängt, die ebenso lang oder noch länger ist, als sie selbst, mit ihren Händen den Hinteren der Gebärenden unterstützt und mit ihren Knieen die Kniee derselben hält. — Schon Savonarola, Lehrer in Padua, der 1466 starb, lehrte, dass die Frau bei den Wehen in stehender oder knieender Haltung sich einer Person an den Hals hängen solle: „Stet suis pedibus et se suspendat collo unius fortis mulieris, quae eam sustineat" (v. Siebold. Gesch. d. Gebtsh. I. 352); bei schwerer Geburt solle sie die Knieellenbogenlage annehmen.

Halb schwebend, halb liegend gebären die Frauen in einem westlich gelegenen, an das wendische Herzogthum Sachsen-Altenburg angrenzenden Districte des sächsischen Erzgebirges, in der Gegend von Meerane. Nach Dr. Leopold (Neue Zeitschr. f. Geburtsk. XXV. 3. 1849) werden nämlich dort die Kreisenden auf folgende Art in schwebende Lage gebracht: Ein breites, festes Handtuch wird so unter der Kreuzgegend der im Bett liegenden Frau weggezogen, dass der untere Rand desselben unterhalb der Sitzbeinhöcker, der obere an die Mitte der Lendenwirbel anzuliegen kommt. Zwei Personen, von denen jede an einer Seite des Bettes steht, fassen jede ein Ende des Tuches so mit den Händen, dass das Tuch dabei in seiner ganzen Länge ausgebreitet und faltenlos wird, und ziehen es gleichmässig an, wenn die Frau es wünscht, oder wenn die Umstände es erfordern, wodurch dann die Kreuzgegend der Kreisenden $\frac{1}{4}$ bis $\frac{1}{2}$ Elle erhoben wird; der Rücken wird während dieser Zeit durch Kissen unterstützt. Ist die schwebende Lage nicht mehr nöthig, so treten die zur Seite stehenden Personen einander näher und senken dadurch die Frau wiederum langsam herab. Dr. Leopold hatte oft Gelegenheit zu sehen, dass diese schwebende Lage in der dritten und vierten Geburtsperiode den Gebärenden das Verarbeiten der Wehen sehr erleichterte.

Nachdem wir nun einen Ueberblick über die zahlreichen Situationen und Positionen gewonnen haben, welche die Frauen beim Gebären annehmen, wollen wir noch einige Worte über die Angelegenheit vom rein klinischen Standpunkte aus hinzufügen.

Man hat zunächst bei der Wahl der Lage und Stellung der Frau wohl die Absicht, die den Fötus austreibenden Kräfte möglichst zu unterstützen. Als die natürlichen austreibenden Kräfte gelten uns nur die beiden: 1. die Uterus-Contractionen und 2. die Bauchpresse. Beide reichen zur Austreibung der Frucht völlig aus, sobald vom mütterlichen Organismus oder vom Kinde eine Geburtsstörung nicht hindernd eintritt — sie reichen aus, mag die Gebärende eine Stellung annehmen, welche sie wolle. Insbesondere kann man die Uterus-Contractionen an sich durch die Wahl einer besonderen Stellung gewiss nicht beschränken oder aufheben, wohl aber kann man ihren Erfolg und ihre Wirkung fördern oder verstärken. Insbesondere kann man Folgendes durch die Stellung bewirken: man kann a) der Frau in einer gewissen Stellung die Möglichkeit geben, die Bauchpresse kräftiger wirken zu lassen; b) ihr die Gelegenheit bieten, sich zwischen den Wehen stets sofort zur Ansammlung neuer Kräfte (zum Mitpressen) zu erholen; c) dem Mechanismus der Geburt beim Durchtritt des Kindeskörpers durch das mütterliche Becken fördernd entgegen kommen. Jeder Geburtshelfer weiss, dass er der Frau bei der Geburt je nach der jedesmaligen Lage und Stellung des Kindes eine Lage und Haltung geben muss, die den Bedürfnissen, insbesondere der Axe und Neigung des Beckens entspricht. Dass man dabei das Gewicht und die Schwere des Kindes als einen beim Geburtsmechanismus nicht unwichtigen Factor zu berücksichtigen hat, ist selbstverständlich. Allein es würde eine verwerfliche Einseitigkeit sein, wollte man den Frauen beispielsweise bei allen Geburten die Stellung der Knieellenbogenlage (à la vache) geben, weil man glaubt, dass der Kindeskopf als schwerer Kindestheil das Promontorium nicht belasten darf, oder dass er in dieser Stellung dem Damm und Mittelfleisch beim Durchtritt weniger gefährlich sein würde, oder dass der Kindeskörper überhaupt dann besser durch den Beckencanal gleitet. Nach meinen Erfahrungen bin ich vielmehr überzeugt, dass eine grössere Beschleunigung des Geburtsverlaufes unter gewissen Verhältnissen nur dadurch in dieser Lage erzielt wird, dass die Gebärende beim Aufstemmen sämmlicher Extremitäten mehr als in anderer, bei uns sonst gebräuchlicher Weise die nöthige Unterstützung zum Mitpressen findet.

So suchen denn auch die Frauen der Urvölker diejenige Lage und Stellung zu gewinnen, in der sie sich des Kindes, wie sie glauben, durch ein kräftiges Mitpressen am schnellsten zu entledigen hoffen. Ihr Instinct weist sie nun keineswegs auf eine sämmtlichen Naturvölkern gemeinsame, bestimmte Haltung oder Stellung hin, vielmehr bedienen sich die Frauen der Urvölker der mannichfachsten Stellungen; allein immerhin ist es ganz auffallend, dass jedes Urvolk eine bestimmte Stellung oder Lage bevorzugt. Dieser Zug ist ebenso charakteristisch und für die Ethnographie wichtig, wie irgend ein somatisches Racen-Merkmal, oder wie jeder für die Völker-Psychologie werthvolle Volksgebrauch. Die Wahl scheint bei jedem Volke vorzugsweise dadurch bestimmt zu werden, dass die Frauen meinen, in der einen oder anderen Stellung und Haltung ganz besonders die Bauchpresse wirken lassen zu können, oder dass sie und die Ihrigen sich vom Geburtsmechanismus, d. h. von der Wirkung der austreibenden Kräfte, von der Stellung und Lage des Kindes während des Geburts-acts, von der Wirkung der Schwere desselben u. s. w. eine mehr oder weniger deutliche, d. h. fast immer falsche Vorstellung machen.

Auch die rein theoretischen Rücksichten auf die mechanischen Verhältnisse des Gebärens (Geburtsmechanismus) müssen in Frage kommen; und in dieser Beziehung braucht die moderne Geburtshülfe, welche diese mechanischen Verhältnisse möglichst genau studirt hat, nicht erst zu den Urvölkern in die Schule zu gehen, um sich durch das „instinctmässige" Verhalten derselben über die den Zwecken des Geburtsmechanismus besonders entsprechende Lage und Stellung auf-klären zu lassen. Der Aufgabe dieser Arbeit liegt es fern, näher auf diese Verhältnisse einzugehen. Ich erwähne nur, dass ich im Allge-meinen mit den von J. Schmitt (Blätter f. Heilwiss. II. 6 u. 7. 1871) entwickelten Ansichten über diesen Gegenstand übereinstimme, und dass nicht blos von dieser, sondern auch von anderer Seite her die Meinung v. Ludwig's als theoretisch falsch nachgewiesen wurde.

Schliesslich gestatte ich mir noch auf einen Umstand aufmerksam zu machen, dessen Untersuchung zukünftiger Forschung anheim zu geben ist. Bekanntlich hat man behauptet, dass sich das Frauen-becken der Naturvölker mehr und mehr dem Affenbecken in Form und Bau nähere. In der That scheinen auch manche Beobachtungen diesen Satz zu bestätigen, doch ist er wohl noch fester zu begründen. Sollte er sich ferner thatsächlich begründen, so würde man auch zu-nächst der Frage nachgehen, ob der Bau des Frauenbeckens, wie auch der Racenbau überhaupt irgendwie dazu beiträgt, dass die Frauen ganzer Völkerstämme eine besondere Körperstellung bei der Geburt bevorzugen. Für jetzt ist anzunehmen, dass sich dergleichen allge-mein eingeführte Sitten und Gebräuche recht wohl ganz unabhängig von besonderen körperlichen Verhältnissen entwickeln und fixiren konnten, wie sich überhaupt an anderen Bräuchen und Gewohnheiten eines Volkes völkerpsychologisch die Entstehung einer Vorliebe für gewisse Körperhaltungen und Stellungen bei natürlichen Verrichtungen und die traditionelle Verbreitung solcher nach und nach zur Gewohn-heit werdenden Körperhaltungen nachweisen liess.

Schlusssätze.

1) Fast jedes Volk hat eine besondere Stellung oder Lagerung der Frau beim Gebäract als vorzugsweise beliebt adoptirt.

2) Man findet keineswegs eine und dieselbe Stellung oder Lage-rung bei allen Urvölkern verschiedener Race; es zeigt sich keine Gleichmässigkeit in dieser Beziehung unter sämmtlichen Urvölkern; vielmehr findet man bei verschiedenen Urvölkern verschiedene Stel-lungen und Lagerungen als die bei ihnen gebräuchlichsten.

3) Man kann also nicht sagen, dass die Urvölker insgesammt diese oder jene Stellung überhaupt bevorzugen.

4) Man kann ferner nicht sagen, dass bei denjenigen Völkern, welche eine oder die andere Stellung bevorzugen, die Frauen vorzugsweise leicht gebären.

5) Die Beobachtungen über den mehr oder weniger günstigen Verlauf der Geburten bei den verschiedenen gebräuchlichen Stellungen sind noch recht mangelhaft; es ist zu wünschen, dass sachgemässe Erfahrungen in dieser Beziehung eingesammelt werden.

6) Man könnte bei der Mannichfaltigkeit der gebräuchlichen Stellungen beim Gebäract die Völker sehr leicht je nach dieser Stellung classificiren, auch würde man recht wohl eine Karte entwerfen können, auf welcher die geographische Verbreitung des Liegens, Sitzens, Knieens, Hängens, Stehens u. s. w. verzeichnet wäre.

7) Selbst die scheinbar unbequemste Stellung, das aufrechte Stehen, ist bei einigen Völkerschaften die beim Gebäract allgemein gebräuchliche. Die Vorstellung, dass in dieser Stellung der Gebäract leichter verlaufen könne, ist massgebend für die hierhin gehörenden Völker und verleitet sie, eine Stellung zu wählen, die offenbar für Mutter und Kind grosse Gefahren mit sich bringt.

8) Es muss inskünftig untersucht werden, ob der Bau des Beckens, welcher sich bekanntlich bei verschiedenen Racen sehr different zeigt, bei der volksthümlichen Wahl der mannichfachen Stellungen für den Gebäract eine einflussreiche Rolle spielt.

9) Es lässt sich historisch die Verbreitung einzelner Geburtsstellungen von einem Volke zum anderen sehr gut nachweisen.

10) Eine vollständige und erschöpfende Behandlung des Gegenstandes lag nicht in der Absicht meiner Abhandlung, vielmehr eine Sichtung und Ordnung des mir zugänglichen Materials nach geburtshülflichen und ethnographischen Gesichtspunkten, sowie die möglichste Verwerthung dieses Materials für anthropologische Zwecke.